新妹魔王的契約者 13

The Testament of Sister New Devil

上栖綴人

插畫 つ大熊猫介

Kadokawa Fantastic Novels

The Testament of Sister New Devil

ConTeNts

特別篇　Sneaker文庫26週年慶極短篇 —— 014

序　曲
真正成為家人的日子 —— 017

第①章
總有一天要回到這裡…… —— 033

第②章
新妹魔王與夜戰撲克 —— 072

第③章
一早就活跳跳的蘿莉色夢魔 —— 113

第④章
安分不了的主從契約 —— 121

第⑤章
野中胡桃的性教育指導 —— 135

第⑥章
關於東城刃更最近
成為女性話題的大小事 —— 142

第⑦章
夢魔們的密談 —— 197

第⑧章
承受揭露的真相 —— 201

第 9 章
橘七緒的擔憂與
長谷川千里的企圖 —— 205

第 10 章
為了更像一家人 —— 217

第 11 章
潔絲特反省中 —— 285

第 12 章
在夢中學習初體驗 —— 289

第 13 章
盡我目前所能 —— 299

第 14 章
永恆誓言的證明 —— 304

第 15 章
蘿莉色夢魔想來場
能夠滿足所有人的 9P 大戰 —— 307

尾聲
必須永遠守護的事物 —— 318

後記 —— 328

彩頁／內文插畫　大熊猫介、みやこかしわ

早瀬高志
瀧川八尋
CHARACTERS
斯波恭一
東城迅

威爾貝特
拉姆薩斯
雪菈
露綺亞
雷歐哈特
莉雅菈
佐基爾

特別篇　Sneaker文庫26週年慶極短篇

「啊，澪大人妳有聽說嗎？Sneaker文庫26週年了耶！」

「好像聽說過……呃，萬理亞，妳那是什麼表情？」

「咦～因為妳說什麼『好像聽說過』，感覺很冷淡嘛。妳知道Sneaker文庫有多照顧我們嗎？」

「我、我當然知道哇……」

「真的嗎？那就不能只是嘴上說說，要拿出行動來表示。只要真的是心懷感謝，一般不會一點表示也沒有吧？」

「表示……是要怎麼表示？」

「週年紀念是喜事，當然要好好慶祝一場。」

「呃……說恭喜二十六次？」

「……拜託喔，澪大人，雖然故事裡還不到一年，外面的世界已經過了兩年多喔？妳到現在都還不了解這部作品和自己的角色啊？照子不放亮一點，小心被讀者討厭喔。」

特別篇

Sneaker文庫26週年慶極短篇

「幹、幹麼這樣……不然妳是要我怎麼做？」

「那還用說嗎……高潮就對了，從現在開始二十六次。我去叫刃更哥過來。」

「妳……少耍白痴了好不好！殺妳一百次喔！」

「啊～妳真的很不上道耶。這時候要說『殺妳二十六次』才對。」

「！……那好，要我照辦也不是不行。」

「……開玩笑的啦，今年是Sneaker文庫0週年喔？」

「…………」

「不、不可以喔，澪大人……不要把喜事弄成流血事件嘛……」

「……喊二十六次『救命啊』我就原諒妳。」

「！救命啊救喵！」

「……恭喜Sneaker文庫創業26週年喔。」

「哇啊啊啊殺人之前說這種話也太過——……」

我要許下新的誓言，但不是主從誓約。

而是宣告永生不渝的——我們愛的誓言。

序曲　真正成為家人的日子

1

「——嗯……這樣對嗎？」

有人正對著牆上的大鏡子苦戰。

那是一名穿不慣白色燕尾服的少年。

東城刃更。

人在新郎休息室。

房裡只有他一個人。

讓他放不下心的，是脖子上領巾般的阿斯科特領帶。

「平常都穿學生外套，連綁領帶都沒信心的說……」

領帶位置應該沒錯，但形狀讓他怎麼看怎麼怪。

實際上，主要是因為他根本不懂怎麼綁。

現在用的是查來的綁法，可是總覺得和範本就是不一樣。

當刃更不停調整領子垂死掙扎時──

「──我來幫你吧，小刃。」

忽然有人這麼說。

沒有開門聲，也不是一開始就在房內。

新郎休息室只有刃更一個。

再者，是聲音出現之後，刃更背後才出現人的動靜。

然而刃更不慌不忙，久旱逢甘霖似的轉身回答：

「啊……不好意思，麻煩了。」

刃更視線另一頭──有個少年斜倚在門邊的牆上。

是瀧川八尋。

化為人類型態，不是魔族的模樣。

穿的還是學生制服。

「客氣什麼啊，我才不好意思咧。」

瀧川緩步走向刃更，並說：

「──沒拿到喜帖就自己跑過來了。」

序曲

真正成為家人的日子

沒錯。這場即將舉行的婚禮，並沒有邀請瀧川。

並不是兩人鬧翻了。

單純因為這是一場只屬於新人的婚禮，完全沒有親友參加。

——現在，刃更等人正打算與勇者一族和魔族同時結盟。

為了實現這一步，有幾個必須克服的難關。

賽莉絲與刃更、柚希、胡桃三人不同，目前依然是勇者一族「梵諦岡」分支的聖騎士，狀況棘手。

對刃更他們來說，賽莉絲是重要的夥伴，也是親愛的家人。

但是在勇者一族眼中，她卻是用來與戰力強大的刃更一夥保持聯繫的政治工具，說穿了就是祭品。

而且——

背地裡造成斯波事件的勇者一族黑幕，使魔族的現任魔王派深受其害，造成魔族對「梵諦岡」仍有強烈敵意。

為了解決這些問題，刃更要將與他結下主從契約的賽莉絲推上「梵諦岡」的頂點，以最後讓刃更勢力承擔「梵諦岡」方面風險的方式，換取現任魔王派的接納。

然而，這當然要花費許多時間。

因此，他們認為同邀勇者一族和魔族參加婚禮風險過高，分開邀請又有先後問題，乾脆就都不邀了。

不僅是賓客，親戚也沒份。

澪的父親是前任魔王威爾貝特，母親已故，養父母也死在佐基爾手下。能找的只有代替死去的威爾貝特看管魔界的拉姆薩斯，而他卻是穩健派的首領。

萬理亞的母親，是與威爾貝特和拉姆薩斯齊名的傳說級夢魔雪菈，姊姊露綺亞是拉姆薩斯的左右手，身負要職。

另一方面，雖然柚希和胡桃的雙親都在世，但斯波事件不僅牽連「梵諦岡」，也包含了「村落」，此後需要代替長老率領「村落」向前進。

至於迅這邊，則是奉為「戰神」的最強勇者。

——所以，親戚的問題比來賓還大。

這些人在同一張桌子坐下來，當場就成了政治高峰會。

……再說老爸好像還在天界，趕不回來吧。

當初他說會趕回來參加婚禮，但畢竟事情關係到天界最高階的十神，即使是迅也不太可能這麼快就收拾乾淨。

而長谷川、潔絲特、七緒和賽莉絲四人沒有親戚可邀，對她們似乎有欠公平。儘管她們

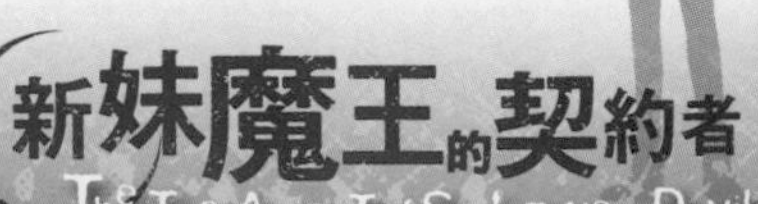

序曲
真正成為家人的日子

四個都說無所謂──

……這樣的差別說不定也會淪為政治口水。

與刃更結婚的八人一律平等──這是他們對這個家設下的條件。

不過差異這種事很容易牽扯到上下、序列、優先順位等問題。

在結婚典禮這般意義重大的喜宴上更是如此。

因此，他們決定親戚也概不邀請。

不想扯上政治的想法本身，即是一種政治考量。

於是──

「拉姆薩斯閣下聽過解釋以後，還算是可以接受……可是雪菈閣下那邊，好像很不是滋味喔。」

「……我有聽說，所以請露綺亞小姐幫忙拉著。」

那個蘿莉夢魔媽很可能認為自己不被發現就好，然後偷偷跑來，但她是有身分地位的人，非請她自重不可。

由於她神出鬼沒的程度與瀧川相當，只好請露綺亞盯住。

「勇者一族那邊沒問題嗎？野中姊妹的爸媽都還在，他們不會想看女兒出嫁啊？」

「…………想啊，修哉叔叔跟薰阿姨都很遺憾。」

的確——刃更也覺得這樣很對不起他們。
「可是他們說，是他們那個世代的問題害事情變成這樣，所以就接受了，還為我們幫忙收爛攤子道歉呢。」
修哉與「梵諦岡」問題並無直接關聯。
儘管如此，修哉和薰還是向刃更他們低頭道歉了。
理由是斯波事件是他們父執輩的責任，且從頭到尾態度一貫。
柚希和胡桃的父母就是這樣的人。
……我想……
他們對婚禮這樣舉行，心裡也是千思萬緒。
但依然給予祝福，今天也在遙遠的「村落」守望刃更幾個。
連他們都不能參加。
朋友就更別說了。
然而，不邀請賓客只是「正式上」不邀請。
「你的話……就沒關係了吧。這場婚禮表面上是我們幾個當事人祕密舉行，事後才會跟勇者一族和魔族那邊報告嘛。」
刃更對來到眼前的瀧川說。

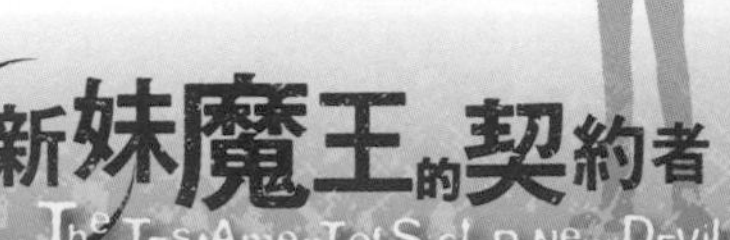

「如果剛好有朋友自己跑來玩，遇到我們在辦婚禮……雖然有點牽強，但不是不行……所以你才會穿那樣吧？」

「…………差不多啦。再說——」

瀧川接著說：

「什麼公不公平也只是新娘的事，你這邊不一樣，所以我想說應該沒關係……更何況我也不會遜到被人發現……來，下巴抬高，我幫你弄。」

刃更對伸來的手按照指示動作。

瀧川動作熟練地替刃更調整領帶。

「不過你講起這件事的時候，我是真的有點意外……你這樣做最好的選擇已經不只是冷靜，根本是冷酷了。還以為你會把同盟擺第一位，婚禮等狀況穩定以後再辦呢。」

「…………是啊，我當然也考慮過這條路。」

刃更答道：

「而且她們也說這樣或許比較好。」

「——可是你還是沒有延後。」

「對……因為我不要。」

理由是——

「我並不介意拿我們的婚事當作促成同盟的工具。畢竟這樣可以消解人界與魔界、勇者一族和魔族的衝突，最後換取我們所追求的安穩生活。可是——」

「——你不想為了同盟而犧牲你們這場婚事……對吧？」

「對。對我們來說，現在就是結婚的最佳時刻。但現在問題還沒解決，找親戚朋友來參加的話，不管怎麼樣都會惹來負面的政治操作。」

所以刃更決定以新娘的幸福為優先。

以結果而言，拉姆薩斯和雪菈、修哉和薰都能體諒刃更是將他們女兒的幸福擺在第一位，才同意不參加婚禮吧。

「真的……與其這樣，不如誰都不邀的好。」

瀧川也表示同意。

「……嘿咻。好，搞定。」

「喔，我看看。」

刃更轉向鏡子，和瀧川一起看結果。

「原來是這樣，我這邊弄得太平了，沒有立體感。」

「沒錯。再來就是形狀跟方向都不太對，領帶扣環上下顛倒了這樣。」

「……多虧有你。」

序曲
真正成為家人的日子

刃更不好意思地搔搔臉頰。

「就算是只有你自己的小婚禮，婚禮還是婚禮好嗎。老實說，你們口袋裡錢多得是，好歹找個婚祕吧，真受不了……」

瀧川嘆息道：

「這樣準備起來不是很累嗎？」

「是啊，還滿累的。不過這個國家的法律不承認我們這樣的婚姻，要是被人亂傳也不好……再說，比起找一些不認識的人來弄，直接交給萬理亞和潔絲特肯定更好。」

現在新娘那邊主要都是她們倆在打點的吧。

「而且……我們只有結婚戒指，不會有結婚證書。所以用自己的手來辦這場婚禮，說不定會比較有真的結婚了的感覺。」

「嗯……原來你是浪漫主義者啊。」

瀧川接著問：

「可是六月不是結婚旺季嗎，怎麼還借得到這麼棒的場地啊？居然有這麼高檔的會館給你辦戶外婚禮。」

刃更對望向窗外的瀧川回答：

「喔，這裡原本不是婚宴場地，是地主的私人物業。因為我爸以前在這裡拍過照……才特別借我們的。」

「之前吃燒烤也是這樣……你爸面子也太大了吧。」

「我已經不會對這種事驚訝了。像我爸那種人，就算哪天說他跟總理大臣或外國總統是酒友，我也一點也不會奇怪……既然他人脈好，我感激地用就對了。」

話說回來──

「──現在問好像有點晚了。瀧川，你來做什麼的？」

刃更正式詢問瀧川來此的意圖。

「單純來祝賀的話我當然歡迎……不過你不是這種人吧？」

而且──

「我醜話說在前面──今天就只有我們在這辦婚禮，沒東西吃喔。」

「幹麼，當我滿腦子只有吃啊……我又不是來蹭飯的。」

瀧川聳聳肩說：

「有人拜託我傳幾句話給你──」

一口氣後。

「──就是雷歐哈特那傢伙。」

「雷歐哈特……傳話給我？」

序曲

真正成為家人的日子

刃更皺起眉頭。

——瀧川提起現任魔王的名字，並不是什麼稀奇的事。

真身為魔族拉斯的他，是雷歐哈特的戰友兼盟友。

兩人之間有著不同於刃更和瀧川的強烈聯結。

……但是。

特地派瀧川在婚禮當天來傳話，應該有相對重要的理由。

會是警告嗎，還是某種叮囑呢。刃更開始緊張。

「別擔心，沒那麼嚴肅……只是想跟你道個歉而已。」

「雷歐哈特要跟我道歉？……為什麼？」

要是魔界那邊在刃更幾個都不知情的狀況下面臨危機或緊急狀況，問題可就大了。

不過——

……他說不是嚴肅的事。

那就更難猜了。若不是道賀，有什麼值得他特地在這個時間點找瀧川來道歉呢。

當刃更不禁茫然時——

「他啊……不是在同盟那件事上提出對『梵諦岡』的懸念嗎，他擔心這會對你們的婚禮造成不好的影響，想先跟你們道歉。」

聽瀧川這麼說之後——

「…………原來是這麼回事啊。」

刃更終於理解了雷歐哈特的意圖。

——原先是計畫請勇者一族和魔族都來參加婚禮。

雷歐哈特也在賓客名單中，所以事先打探過他的意願。

就結果論，計畫更改了。

刃更也透過瀧川向拉姆薩斯說明原委。而既然事情牽涉到兩派首領，那麼婚禮形式發生這樣的改變，不能說和雷歐哈特完全無關。

……只是。

雷歐哈特是魔王身分，當然不會對「梵諦岡」那邊的風險視而不見。若換作刃更，應也會表示疑慮。

「而且還特地趕在婚禮之前……他還滿講禮數的嘛。」

「因為他跟莉雅菈殿下狀況差不多嘛……」

「他們不是沒有血緣關係嗎……難道說姊弟結婚這種事對望族來說就是那麼禁忌啊？」

「所謂的貴族責任的確會對他造成很大的限制。而且他身為會繼續統馭魔界的人，和掌握強權與歷史悠久的家族聯姻，對雷歐哈特來說肯定會有某種形式上的幫助。」

瀧川解釋：

「可是——最大的問題，還是在於莉雅菈殿下過去幾乎不曾出現在檯面上，沒有配得上王妃頭銜的社交成績。當然，只要讓她上一次戰場，應該就沒有人敢說話了吧。」

「但這樣也會有暴露出她比弟弟還強的風險……反而撼動到雷歐哈特的立場。」

聽了刃更的回答，瀧川嘆道：

「就是這樣。對不知道真相的人來說，就只是雷歐哈特要和不能曝光的姊姊結婚。重視家人是很好，這表示他也會重視這個家。但照顧是一回事，論及婚嫁就——」

「——會被敵人拿來抨擊，說他做出昏庸的決定，配不上魔王的位子。」

「沒錯。所以說，要先花一段時間，讓周遭認同他與莉雅菈殿下的關係……結果你在這時候提出要同時娶八個新娘這種嚇死人的事。」

瀧川說道：

「你們這場以自己為優先的婚事，好像也給了雷歐哈特一點勇氣。現在他變得很積極，他說既然他是真心想結婚，至少要辦一場只屬於他和莉雅菈殿下的婚禮，所以很感謝你的示範喔。」

因此——

「雷歐哈特是以個人身分認為，如果他讓你們的婚禮變質，他會很過意不去。」

「…………這樣啊。」

刃更將年輕現任魔王的話放在心中細細品味之後回答：

「替我跟雷歐哈特說『不要想太多』……就結果來說，至少這場婚禮不再有政治色彩，我們會覺得更幸福。」

說起來——

「聽你這樣講……他那邊也很難處理的樣子。」

「畢竟在貴族世界裡，結婚是最重要的『義務』嘛。你們剛談起結婚這件事的時候，他就好羨慕你們沒有那種限制，說可惜身為魔王的他不能這麼單純。」

「就是說啊……如果我今天是雷歐哈特，再怎麼樣也不會去辦這種婚禮吧。說實在的——雷歐哈特不能退讓的事，比我多太多了。」

這也表示他們的思慮和生活方式的不同。

「對我來說，不能退讓的……是我要和大家一起過安穩的生活，只要能守護願意和我共度人生的人的現在與未來就夠了，就只是這樣而已……可是，光是這樣就夠累的了。」

不過——

「雷歐哈特要守護的不只是姊姊……還有跟隨他這個魔王的眾多同伴與屬下，以及整個魔界的秩序與和平。」

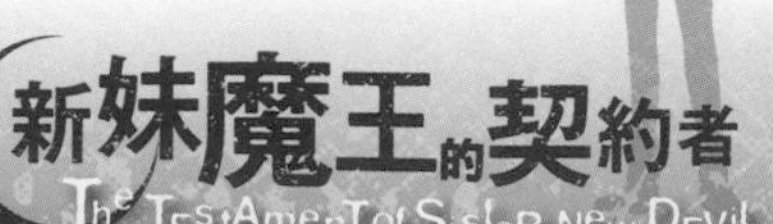

刃更和雷歐哈特各有其需要守護的事物。

兩者並無貴賤之分——但是「安穩生活」和「世界和平」在規模和難度上都有絕對性的差異。

刃更能只為他所重視的事物而戰。

守護的只有手碰得到，眼看得見的範圍。

相對地，雷歐哈特是為了守護魔界——自己的世界而戰。

「就這方面來說——雷歐哈特比我更像是勇者呢。」

「在我看來，你們兩個都在沒事找事做，扛了一堆沒必要的東西……」

瀧川說：

「而且啊，你也不要在那邊比來比去了，比不完的啦。你也是經過很多事才走到這一步的吧？」

「不只是麻煩的事，開心快樂的事也有很多很多。」

不過呢——

刃更回想著至今的種種——唏噓地苦笑。

「真的——發生了很多事。」

——再一次，回到這裡重新出發吧。
不要讓過去的我們化為幻影。

第1章 總有一天要回到這裡……

1

東城刃更是在勇者一族的教育下長大。

而這個頭銜，卻在距今五年前——刃更只有十歲時成了過去式。

因為當時一起前所未聞的「悲劇」席捲了勇者一族的「村落」，年幼的刃更在現場目睹那血腥的慘劇，使得自身能力以最糟的方式失控了。

——就結果而言，悲劇是結束了。

不過被害規模卻被刃更擴大了。

於是「村落」對如何處置刃更作了很多討論。

儘管沒有直接責任，但事情就緊接在不曾有過的慘劇之後，幾乎沒人冷靜得下來。甚至有人提議將他幽禁到死，或乾脆處死，省得夜長夢多。

——然而，他的父親迅解救了他。

迅這麼一個人稱世界最強勇者，在之前與魔族的大戰中令敵人聞之色變，奉為「戰神」的民族英雄，正面反抗了「村落」給予兒子刃更的處罰。

在狀況發展到內戰一觸即發時，長老們決定將迅與刃更兩人逐出「村落」。

既然這樣的處分對刃更沒有直接危害，迅也就此止戈，帶兒子離去。

留下出生的故鄉，和從小一起長大的朋友。

來到東京過一般人的生活。

刃更開始像普通小孩那樣上學，迅做起攝影工作，日子轉眼就過去了。

起初不熟悉的都市生活也讓迅到處碰壁，但或許最強勇者就是不同凡響，迅發現自己有攝影天分，沒多久就成了知名攝影師，使東城家的生活狀況漸顯餘裕。

當時還在念小學的刃更也因此得以順利升上國、高中。

在時光的流逝中，兩人就這麼以一般人的方式過著極為普通的生活。

這五年來，東城刃更始終無法遺忘那場「悲劇」——自己所犯下無可挽回的過錯。

但別說怎麼負責了，就連該如何面對，他也沒有答案。

儘管如此，東城刃更仍背負著自己失去勇者資格的那一天。

失去好友的經歷。

——在如此悔恨的日子裡，高一的夏天默默到來。

他邂逅了前任魔王威爾貝特的女兒成瀨澪。

以及其護衛夢魔成瀨萬理亞。

將這兩名遭到敵方勢力——現任魔王派魔族狙殺的少女當家人、當妹妹來保護，使得刃更的命運發生急劇變化。

在同一個屋簷下，與她們的同居生活開始了。

2

迅以「外出工作」為由，丟下刃更幾個就離家去了。

「昨晚的事」餘波未息，使東城家客廳瀰漫著尷尬的氣氛。

刃更坐在餐桌邊吃萬理亞做的中餐，並問：

「萬理亞，澪呢？還在睡啊？」

餐桌對面的蘿莉色夢魔，為自己炒得粒粒分明的黃金炒飯，和飄浮在白湯中連皮都自己擀的Q彈湯餃一臉的得意。

「咦？沒有，我去叫她的時候已經醒了。」

只是——

「『昨晚那件事』好像讓她非常害羞，不敢下來了……嗚呼呼。」

始作俑者回想當時賊笑著說。

「這、這樣啊……也是啦。」

刃更點點頭表示理解，感到自己的臉頰稍微紅起來。

畢竟——

和澪不敢下來見人一樣，其實刃更也在思考該怎麼面對她。

心會亂也是沒辦法的事。

……昨晚才發生過那種事嘛。

他們剛見過面就開始同居。

帶澪去超市還遇到不良分子騷擾。

到公園散散心之後回家，迅丟下一句要離家一陣子就拍拍屁股走人了。

緊接著澪和萬理亞馬上翻臉，原來澪是前任魔王的女兒，萬理亞是夢魔。

兩人想將刃更趕出這個家，反被刃更用勇者一族的力量趕走。

刃更通知迅這件事，迅卻說他早就知道她們是誰，也看透了她們的打算。

知道她們有生命危險後，刃更立刻趕去解救她們，並帶她們回家。

第1章
總有一天要回到這裡……

……簡直跟狂風暴雨一樣。

趕劇情也不是這樣的。

刃更屈指數著腦海中發生過的事，但每一件都感覺很不現實。

情緒仍跟不上急劇過頭的事態變化。

……可是。

都過中午了澪還不下來，肯定是有其他的理由。

——刃更他們目前的目標，是從現任魔王派魔族手中保護澪的人身安全。

於是昨晚在萬理亞的推薦下，利用魔法和澪締結了「主從契約」。

這個在人界只能在滿月之日使用的魔法能夠連結彼此靈魂，感測契約對象的所在位置。擁有這樣的能力可以更有效地保護澪，刃更和澪便聽信了萬理亞的廣告詞。但是——

……我和澪都太大意了。

原來感測位置只是主從契約魔法的附帶效果，主要目的是「維持屬下對主人的忠誠」。假如屬下心懷不敬或逆反等有愧於主人的意圖，就會觸發詛咒。

……更糟的是……

由於魔法是利用夢魔萬理亞的魔力來施放，再加上不知弄錯了什麼而使得本該是屬下的刃更成了主人，場面頓時陷入混亂。迫於無奈，刃更只好設法屈服澪，消解以夢魔能力特性

「催淫」方式發動的詛咒。

——方法是觸摸澪的身體，給予催淫狀態下的她足夠的快感。

然而，澪偏偏在這種時候逞強，怎麼也不肯向刃更屈服。

結果就是刃更只好瘋狂攻擊澪最脆弱的胸部，最後造成九次劇烈高潮，在澪的身心都刻下深刻的痕跡。

如今彷彿還能聽見澪嬌豔的喘息，和她柔媚地呼喊「哥哥」的聲音，因初嘗劇烈快感而慌亂的表情也烙在刃更的腦海。

「…………………」

刃更放下挖炒飯的湯匙，注視自己的手掌。

——澪柔軟溫暖的巨乳感觸，仍清晰殘留在掌心裡。

起初隔著衣服，途中改成直接用這隻手狂揉猛揉，讓她高潮一次又一次。

最後總算使澪向他徹底屈服。

……呃，想這些做什麼啊！

刃更趕緊甩甩頭，擺脫腦中糟糕的念頭。

「對這個年紀的刃更哥來說，昨晚那種事應該比我做的菜更香更好配吧？」

「什、什麼啦……！」

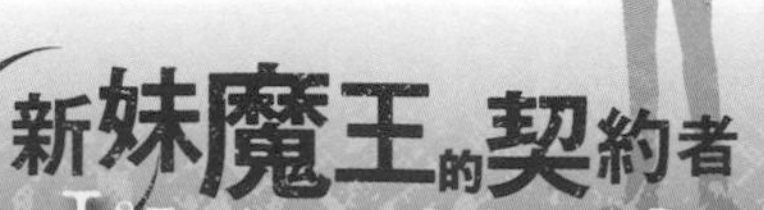

萬理亞對面紅耳赤的刃更呵呵笑，頗有弦外之音地說：

「我說刃更哥啊……今晚你要拿什麼當配菜呀？」

「不要吵！都把澪折磨成那樣了，妳怎麼還沒學乖啊！」

好歹要知道反省兩個字怎麼寫吧。

但萬理亞卻完全不當一回事。

「哎呀～雖然那讓澪大人害羞得不得了……可是現在回想起來，其實本來就應該這樣做了吧。這樣對刃更哥也比較有好處呀。」

「等等喔，萬理亞……妳表情也太得意了。」

欠人噓也不是這樣的。

對於刃更不敢恭維的反應，萬理亞說道：

「我沒說錯呀。你想過假如澪大人真的變成主人，而你是屬下的話會是什麼狀況嗎？」

「那個，就只是我在澪手上的魔法陣吻一下，正常結完契約而已吧。」

刃更不覺得會怎樣地回答。

「的確，締結契約的當下是不會有問題，可是後來呢？所謂男女有別，刃更哥可以從頭到尾都不對澪大人有任何罪惡感嗎？」

萬理亞賊兮兮地笑起來。

「你以前都是跟迅叔叔兩個男的一起住，可是現在突然多了一個那麼可愛，身材又性感到爆的繼妹要跟你住在同一個屋簷下耶？別說每晚睡前，你敢說不會風吹一下就讓你青少年的過剩衝動飆起來嗎？」

「這……那個，如果說完全不會有那種想法，那就是騙人的了。可是在勇者『村落』的時候，我受過很多摒除雜念的修行和訓練──」

「那都已經是五年前的事了……現在你是青春期燒得正旺的時候耶？」

萬理亞說道：

「你剛才不就看著自己的手，重溫澪大人胸部的觸感嗎？」

「我、我是……！」

被她整個猜中的刃更百口莫辯。

「不用緊張啦，我又沒怪你。說實在的，這對男孩子來說是非常自然的反應。」

萬理亞提手制止刃更，並說：

「可是，假如當時是以你以主從契約成為澪大人的屬下，一旦對她產生罪惡感，催淫詛咒就會發生在你身上。到時候你一定是喘得跟狗一樣，連站都站不直了。然後澪大人就只能拿出主人的樣子雙手扠腰，用鄙視的眼神對你說『一個屬下也敢對主人做這種事……』，用腳趾頭和腳跟對你興奮到腫成一大包的部位又摳又踩，把你玩弄到屈服為止。」

第①章
總有一天要回到這裡……

「…………真的假的？」

真的照原先計畫和澪締結主從契約，我可能會變得那麼慘？

刃更頓時全身發毛。

「真的呀。然後啊，這樣不就每次都要害我到浴室用手幫你洗內褲了嗎？可是我一定來不及洗，久而久之你房間就會多一個內褲專用的箱子，最後甚至要包尿布了……」

萬理亞忽然望向遠方。

「——其實這樣也不錯吧。」

「…………………………」

如今一想，刃更臉上不禁血色全無。

萬理亞說得沒錯，假如她沒犯錯，今天刃更在各方面都死定了。

這時萬理亞又對戰慄得說不出話的刃更點點頭——

「哎呀刃更哥，你撿回一條命了呢。」

面帶爽朗笑容，大言不慚地這麼說。

「妳這個元凶還敢這麼嘻皮笑臉。妳知道澪現在是什麼心情嗎……」

一年前去世的魔王威爾貝特，是穩健派的魔王。

他不希望魔界的權力之爭牽連女兒，便將女兒託付給屬下，在人界撫養長大。

什麼也不知道的澪，過的都是普通女孩的生活。

愛女心切的威爾貝特知道自己死後，女兒很快就會被捲入魔界的權力之爭，恐怕有性命危險，便在臨死前將自己的力量暗中過繼給澪。

但這阻止不了殺手的出現，澪以為是親生父母的養父母遭到殺害。

澪自己也差點落入敵人手中，是萬理亞在千鈞一髮之際救了她才逃出生天……然而這場悲哀的經歷仍打亂了她的人生，剝奪了她的日常生活。

這件事，她的護衛萬理亞比誰都清楚吧。

澪都出不了房間了，萬理亞還說這麼沒神經的話，讓刃更語氣裡不禁帶了點火氣。

「…………對不起，玩笑有點開過頭了。」

刃更見到眼前的萬理亞聲音和表情都忽然變得陰鬱沉重。

表情愁苦得彷彿先前的玩笑都是幻覺。

看得他不禁一愣。

「我的確是做了很對不起澪大人的事。只要走錯一步，說不定就把危險推到刃更哥身上了。這部分我願意道歉，什麼懲罰我都願意接受。」

可是——

「我也沒有其他方法了。現任魔王派的魔族想要澪大人的命，只要她和刃更哥能夠互相

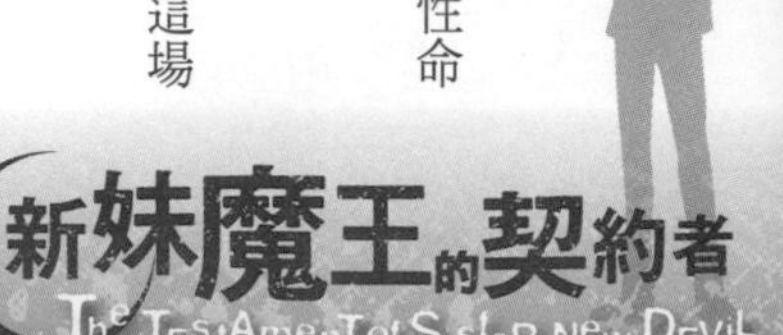

感應，肯定對未來會有很大的幫助。刃更哥能夠感應護衛對象澪大人的位置，就能在她危險的時候趕過去救她，澪大人也能往刃更哥這邊移動。」

「這……」

萬理亞這番話的確有道理。

在保護澪這點上，能感應彼此位置的好處是不可估量地大。藉眼耳找人總有其極限。

「我也說過了，主從契約的詛咒只會被罪惡感觸發。以後不曉得會發生什麼事，加深澪大人和刃更哥之間的信賴是當務之急。所以，能請你反過來利用這個狀況，快速加深兩位的信賴程度嗎？」

「利用這個狀況……？」

「雖然有點半強制，但只要你們互相配合和溝通，來設法抑制詛咒的發生，必然會加深彼此之間的信賴。反正真的不想這樣的話，下次滿月解約就行了。假如順利加深信賴，詛咒發生的機率自然就會下降，甚至不會發動。這麼一來……」

「就只剩下可以感應彼此位置的好處嗎……」

刃更表示理解的低語，使他眼前的年幼少女點頭答是。

萬理亞抬起頭後，鄭重地注視著他說：

「刃更哥——澪大人就拜託你了。」

3

成瀨澪不敢踏出自己的房間。

已經在床邊不曉得枯坐幾個小時了。

……怎麼辦……！

即使不看鏡子，她也知道自己的臉有多紅。

好歹該出房間了吧——這種想法，從起床以後就不知有過多少次。

但她做不到。

明明拖愈久愈難出去，她還是走不出房門。

「不該是這樣」的想法，填滿了澪的內心。

——可是對於以相反方式與刃更結下主從契約的事，她並不後悔。

刃更手上浮現契約魔法陣那時，慌亂與焦慮使她不禁脫口說出：「憑什麼我得當刃更的僕人啊！」

不過澪現在是求助於刃更的立場，作他的屬下也比較自然。能和刃更感應彼此位置也是一大利益。

這不僅是能在關鍵時刻救她一命的保險，若善加利用，應也能編排出多種有效戰術。

……而且。

刃更都說過只要澪願意，作她屬下也無所謂了。

雖然當時他不知道詛咒的事，但甘願作屬下並不是件簡單的事……儘管如此，刃更還是願意接受這個對他不利的契約。

因此，澪也甘願作刃更的屬下，接受了這樣的狀況。

……可是。

問題在於主從契約的詛咒發動而陷入催淫狀態時，她在刃更面前暴露了見不得人的模樣。

一想到當時的經過，一股令人發顫的羞恥就從體內深處湧上，每次都讓澪差點發瘋。

——睡前，澪還以為醒來就沒事了。

昨晚在催淫狀態下，刃更的撫摸給了她難以置信的快感，深刻體會「高潮」究竟是怎麼回事。

向刃更屈服之後，澪帶著元凶萬理亞返回房間，將她狠狠修理了一遍。

理所當然地，她是行使被害者應有的權利。

處罰持續到天亮，她的羞惱總算是宣洩乾淨，況且過度的快感使她意識恍惚，記不太清楚當時的事。

所以昨晚她認為，既然事情都發生了，再計較也沒用。

打算在隔天早餐時和刃更談談，先撐到下次滿月再說。

打定主意以後心情也輕鬆許多，澪不知不覺就睡著了。

——然而這樣的鬆懈並不好。

或許是因為刃更在她身上刻劃的快感與高潮太過強烈，讓她夢到刃更對她做出甚至比主從契約那時更淫褻的事。

儘管在刃更實際替她解除的過程中，她漸漸無法理解自己究竟是變成什麼樣，夢的內容卻仍是那麼地鮮明……實在是令人無法說忘就忘。

……該不會我昨晚真的就是那樣……

夢中的澪——雙乳被刃更大肆揉捏，一次又一次地高潮。

她發現每當自己被刃更瘋狂揉胸而高潮時，自己的心就更對刃更屈服一點，直至誠心誠意對刃更宣示服從。

「！——……」

忽然一陣酸爽的顫抖，讓澪交叉雙臂，緊抱自己的身體。

她了解那完全是一場夢。

可是睜開眼睛時，她的身體竟然是那麼火燙且舒爽……夢與現實的界線變得模糊不清，即使萬理亞來叫人也出不了房間。

……因為。

她實在太害羞，怎麼也不敢出去見刃更。

萬理亞似乎也知道這都是自己的錯，以澪的感受為優先，替她送餐點飲料到房間來。二樓也有廁所能上，可以不必和刃更碰面。

讓她得以撐到現在。

——說來也真是丟人。

昨晚還與現任魔王派的敵人廝殺，差點就沒命了，現在卻只因害羞而不敢出房間。

不過，澪也不是單純躲在房間逃避現實而已。

「……刃更……」

澪如此低語，說出與她結下主從契約的少年之名。

同時——

「嗯……」

光是這樣就讓她胸部深處噗通一跳，全身漸漸舒爽地發熱。

——澪到現在都不出來，讓刃更很為她擔心。

一這麼想，罪惡感就在羞赧之中萌芽，稍微觸發了主從契約的詛咒。

但不像昨晚拒絕主從契約時那樣陷入強烈的催淫狀態。

經過幾次實驗之後，她發現這種程度的詛咒只要反覆深呼吸幾次就能消退。

可是——

「咦……奇、怪……」

澪忽然困惑地這麼說。

原本深呼吸就會消退的詛咒，就是不消退。

……不會吧，難道說……？

在房間躲愈久，刃更就愈擔心。

會是這樣的想法悄悄地擴大了澪的罪惡感嗎？

催淫詛咒以不是深呼吸就能了事的程度發動了。

想在與刃更見面前盡可能靠自己增加抵抗力完全造成反效果，體內的舒爽感受逐漸膨脹。

……我、我要趕快處理……！

慌張的澪想從床上站起來——可是做不到。

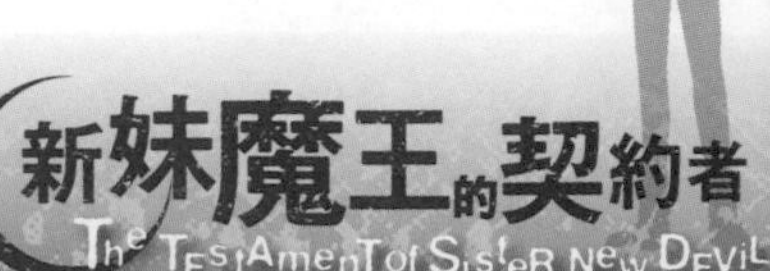

她的腰腿都已經使不上力了。

「————————！」

知道情況不妙，使得澪一下子焦慮起來。

……這樣下去……！

又非得請刃更來替她解除詛咒不可了。

說什麼也得避免。

不過——那舒爽的感覺愈漲愈大，只憑澪自己是無能為力。

「不……啊啊……哈啊、嗯……啊……」

在身體不聽使喚的恐懼，與更強烈的無盡舒爽交攻下，澪再也控制不住，發出難耐的呻吟。就在這時——

『——澪，妳醒著嗎？』

輕小的敲門聲，伴隨刃更擔憂的語調傳來。

所以——

「！——我、我沒事！」

突發狀況使澪下意識大聲回答。

接著——

『這、這樣啊……那個，我剛跟萬理亞聊了一下。』

門後的刃更被澪的大叫嚇到似的說：

『如果可以的話……今天晚餐要不要出去吃？』

「唔、嗯……好哇。」

之前的呻吟被他聽見了嗎？

澪略顯不安地答應了。

『這樣啊……那就好。等等再下來沒關係。』

刃更放心地這麼說之後，門後的動靜就此遠離。

看來他不知道門後的澪是怎麼回事。

澪不禁鬆一口氣，拍拍胸口。

……奇怪？

會是因為突然嚇到，沖散了她對刃更的罪惡感嗎。

前不久還一點辦法也沒有，現在那催淫的舒爽感受已經消失無蹤。

「太好了……其實沒那麼糟吧？」

恐怕是經過昨晚的事，才會把它想得太可怕。

聽萬理亞說，並不是結下主從契約就得對主人絕對服從。例如主人下達太無理的命令，或屬下為了主人好而抗命等狀況下，就不會觸發詛咒。

她自己也發現，若詛咒輕微發動，只要做幾次深呼吸鎮定心神就有機會消除，驚愕也可能沖散腦袋裡的罪惡感。

當然，澪是屬下身分，若對刃更有太過踰矩的言行舉止就足以觸發強烈詛咒，實在大意不得。

……但是。

或許沒必要把自己繃得那麼緊。

慢慢去習慣就行了。

不只是主從關係，還包含與刃更的家人關係。

而這一切，全都取決於澪對刃更的態度。

「…………嗯。」

澪淺淺地微笑，從床邊站起。

刃更雖說可以等等再下去，但若讓他久等，罪惡感說不定又會觸發詛咒。

於是一個深呼吸之後，澪走出房間，慢慢地走下一樓。

4

天黑之前，刃更幾個離家吃晚餐去了。

往車站前移動。

三人到處邊散步邊物色候選店家，最後選擇了大路上的平價義大利餐館。

一進門，迎接他們的即是頗具品味的時髦裝潢。

隨著店員往裡頭走，見到各種人數皆能應對的大小桌位，且設有吧台的寬敞外場。廚房的活力直接灌注過來，營造出菜色豐富，酒喝起來更香的氣氛。

——三人都是第一次來。就結論來說，應該是選對了。

捧著菜單決定好點什麼義大利麵和披薩後，他們又從牆上黑板的推薦菜式點了一盤肉類料理。每一樣都非常好吃，讓人暫時忘卻昨晚主從契約造成的尷尬氣氛，有說有笑地享受眼前的餐點。

不僅是大盤的主菜，連各自點的麵和披薩也都是三人共享。

這種和女生一起吃才有的吃法，讓總是跟迅一起外食的刃更有種新鮮的感動，同時也深刻體會到自己和女性成了一家人。

——快樂的時間過得特別快。

飯吃完以後，等在後頭的就是結帳付錢了。

澪提議分開付，刃更卻說沒這必要而拒絕。

因為他們是一家人。

刃更告訴她們，迅在他升上國中後交給他一本生活費專用的存摺，飯錢便是由此支付。

結完帳，刃更來到先一步出來以免妨礙店家的兩人身邊。

「抱歉，久等啦。」

「不會，謝謝。真的可以給你請嗎？」

澪不好意思地問。

「可以呀。老爸都把飯錢給我了，既然是一起住，就不要想那麼多啦。」

「這樣啊……那就不好意思嘍。再來就回家吧。」

「是啊。現在這個時間，警察要開始囉唆了。要是被抓去問話或輔導，我可受不了。」

澪和萬理亞這麼說完就踏上歸途。

「——先等一下。」

這時，東城刃更輕聲叫住她們的背影。

因為他想先去某個地方。

5

『——可以先繞去其他地方嗎？』

刃更這麼說之後，帶澪和萬理亞來到某個地方。

昨天剛來過的，位在高台的公園。

萬理亞一到就自願跑腿買飲料，所以現在是澪和刃更獨處。

「…………怎麼想來這裡？」

澪在刃更身邊小聲地問。

——儘管如此，她已經依稀猜到刃更的用意。

因為答案就在他們視線彼端。

那是由無數燈光彩綴而成的都市夜景。

「我不是約好要帶妳們一起來這看夜景嗎？」

俯視相同景致的刃更如是說。

「雖然昨晚也來過……可是馬上就回家了。」

沒錯，昨晚澪她們也來過這裡。

——被刃更趕出家門後，澪和萬理亞來到這座公園。

結果遭遇敵襲，她們本以為已經撂倒對方，卻一時大意而陷入絕境，最後是刃更及時趕來救了她們。

「可是——」

澪不解地呢喃。

當然，刃更兌現了原以為會不了了之的承諾，讓澪很高興。

即使她和萬理亞昨晚在遇襲之前已經見過這片夜景，現在也不覺得乏味。能夠像這樣和刃更一起欣賞，是非常值得慶幸的事。

……可是。

承諾是承諾了。

但當時她認為說出自己的身分背景以後，就再也不會和刃更見面——不，是不該見面。以免將刃更捲入危險。

因此，即使刃更是認真看待當時的承諾，澪也沒有當真。

事到如今，刃更應該也了解才對。

然而他為何仍要這樣做呢？澪如此自問時——

「——如果能重新開始，我還是會選這裡當起點。」

她聽見刃更以平靜但堅定的口吻這麼說。

「咦……？」

刃更看著身旁的澪疑惑地轉向他。

他也轉頭注視澪的雙眼說道：

「雖然我們一起看晚霞那時候，彼此心底都有祕密，可是現在不一樣了……當然，我不是說我們已經完全了解對方的一切。」

不過——

「一起看這裡的夜景，是我們說好從此要當一家人以後許下的第一個承諾吧？我不要讓自己連這樣的信用也沒有。」

「刃更……」

刃更將左手輕放在喚他名字的澪頭上。

「跟我約好喔。以後不管再怎麼普通、再怎麼瑣碎的事，我們都要說到做到……妳、萬

理亞跟我都一樣。」

要理所當然地去做理所當然的事——像一家人那樣。

要相信彼此能成為真正的一家人。

刃更微笑著這麼說之後——

「…………………!」

澪默默低下頭，肩膀細顫起來。

「呃……對、對不起。」

糟糕，害她哭了嗎。

這種時候，家裡沒女性……尤其是姊妹的人就頭痛了。

……該、該怎麼辦啊？

在影劇當中，這種時候好像都會擁抱對方，但實際上這麼做真的對嗎？

當始料未及的少女之淚使刃更想不出具體方法應對而愣在原地時——

「…………………」

澪靠了過來，將頭貼在他胸口上。

……這、這是……！

不會錯，是電視上的情境。

那麼答案只有一個。

於是刃更深吸口氣——

「澪……」

溫柔地呼喚她的名字，輕輕擁抱她。

剎那間——

「！———咿啊啊啊啊啊♥」

澪冷不防高聲嬌喘，身體在刃更臂彎裡猛然一抖。

「咦，怎……怎麼了！澪妳怎麼了！」

突如其來的劇烈反應使刃更一陣錯愕，然後終於注意到一件事。

澪的脖子上浮現了淡淡的項圈狀斑紋。

——主從契約的詛咒發動了嗎。

這次詛咒的效力似乎頗強，澪狀似無法自行站立，刃更一放手就會摔倒。

「為、為什麼……？」

東城刃更摟著澪的腰，腦子裡一團亂。

——主從契約的詛咒，會在屬下反抗主人時發動。

刃更並不認為自己說了任何會讓澪反抗的話。

反而覺得都說不必在意昨天的事了，應該能幫她放鬆心情才對。

這時——

「哎呀呀～刃更哥，搞砸了呢。」

萬理亞拿著剛買的飲料回來了。

「萬、萬理亞……太好了。告訴我，這到底是什麼狀況！」

刃更手忙腳亂地向一臉無奈的萬理亞求救。

「還會是什麼狀況，我不是把主從契約詛咒的事都告訴你了嗎……」

「剛才我說的那些話，哪裡值得澪反抗我啊？」

東城刃更知道澪的本性是個溫柔善良的少女。

聽了刃更的反駁，萬理亞說道：

「不，你弄錯了。我說的是……主從契約的詛咒，會在屬下對主人有罪惡感時發動。然後你也知道，澪大人其實個心地善良的人吧？」

所以——

「刃更哥你偏偏帶澪大人來這個她對你說過謊的地方，還對她這麼好……那當然會有罪惡感呀。」

一口氣後。

「讓她覺得『我居然想欺騙一個這麼好的人』。」

「這──────……」

刃更錯愕地看看懷裡的澪。她似乎是被萬理亞說中心事而害羞，別開了眼睛。

「哈啊……不是啦，我……嗯嗚，才沒有，那樣……啊、呼啊啊啊♥」

澪拚命擠出話來否認，肉體的刺激又使她全身一抖。

「啊啊，不行啦，澪大人。在這種狀況下繼續對主人刃更哥說謊，只會讓詛咒變得更強而已喔？」

萬理亞要澪鎮定一點後，眼睛轉向刃更說：

「──我說刃更哥啊，既然都變成這樣了，你知道該怎麼做了吧？」

「呃……喂，妳認真？」

驚覺的刃更眼前，蘿莉色夢魔呵呵笑起來。

「那當然……快讓澪大人屈服吧，和昨晚一樣。」

「不、不是吧，先等一下……！」

「不能等。雖然不是故意的，你說的話還是誘發了澪大人的詛咒。作主人的你不負起這個責任怎麼行？況且──」

萬理亞語調降低，輕觸澪的臉頰說：

第1章
總有一天要回到這裡……

「就像你說的那樣，為了未來著想，這一關是一定要過的。不然無論再過多久，澪大人都擺脫不了對你的愧疚。」

因此——

「拜託你……親手幫澪大人解脫，不要讓她再為這件事受罪了。」

稚齡少女臉上是真心關愛澪，為她設想的表情。

「…………………知道了啦。」

面對萬理亞這樣的心意，刃更只好下定決心點了頭。

萬理亞話說得沒錯，讓澪變成這樣的也是刃更自己。

更何況——沒有其他辦法可以幫她了。

這時——

「謝謝你。不過現在並不適合帶澪大人回家。不僅路上可能會對她造成更大的負擔，還會讓人看見她這種狀態……所以，我們直接在這裡做吧。」

蘿莉色夢魔居然說出了嚇死人的話。

「妳……萬理亞，妳發什麼神經啊……」

澪也在刃更懷裡拚命抗議。

可是——

「澪大人，現在折磨著您的詛咒，是被在這裡撒謊而產生的罪惡感觸發的。如果您真的不想再為這件事後悔，不在這裡做的話恐怕很困難喔？」

「這、這個……」

澪被萬理亞說中心中弱點，雙眸不禁晃蕩。

而年幼夢魔將這一刻看作機不可失──

「很高興您能夠明白這點。那麼──」

萬理亞突然快嘴如此說完，強行脫起澪的衣服。

「喂喂喂，萬理亞！」

「呀！萬理亞……喂，妳幹麼……！」

突然做出脫序行為的萬理亞使刃更和澪不知所措。

但或許是夢魔不枉有淫魔之稱，即使澪不停掙扎，衣服仍被她輕而易舉地脫去。

「嗯。我就發揮一點武士慈悲，留下內衣給您吧。」

誰是武士啊。萬理亞完全不當回事地說著這種話，做著令人不敢領教的蠻行。

被強行脫到只剩內衣的澪，就這麼癱在地上。

「妳、妳給我記住……混蛋！」

催淫詛咒讓她站不起來，只能怨恨地抬望萬理亞。

接著——

「不要那麼生氣嘛……我已經用了驅人魔法，不用擔心被別人看見啦。」

「不是這個問題吧……做這麼亂來的事。」

未免也過分了。

刃更投來責難的目光。

「拜託喔……我是在示範給你看好嗎？」

「給我看……？」

萬理亞對眉頭大皺的刃更點頭回答：

「對呀。你想想昨晚結主從契約的情況，澪大人對性快感沒有免疫力，一下子就去了九次，實在很厲害。不過換個角度來看，那也表示你給了澪大人那麼多逞強的餘地。」

「這——……」

雖然這角度很討厭，但也不能說她錯。

刃更也無法否定自己有憐香惜玉的想法。

接著——

「以澪大人的個性來說，很容易在外出的時候一不小心就觸發詛咒吧。到時候，我們不是每一次都有那麼多時間幫她處理。假如情況危急，不管澪大人再怎麼抗拒都要狠下心來屈服她，不然會更糟。」

可是──

「要你新手上路就拿出專家級表現，實在太過分……所以，今天就當作練習吧。來，刃更哥──扒掉澪大人的胸罩，硬起來屈服她。別忘了你愈是猶豫，對澪大人造成的負擔就愈大喔。」

「！～～～～～～好啦，我做就是了！」

在萬理亞的催促下，刃更豁出去了似的這麼說，在癱地的澪身前蹲下。

「不、不要……等、等等啊，刃更……」

將接下來會發生什麼事全聽在耳裡的澪試圖制止刃更。

但是──

「…………不行。」

刃更搖搖頭，手伸向澪的胸部，硬是扯下胸罩。在背扣損壞的聲響點綴下，澪的雙乳暴露無遺。

「呀啊……！不要這樣……刃更不要啦……」

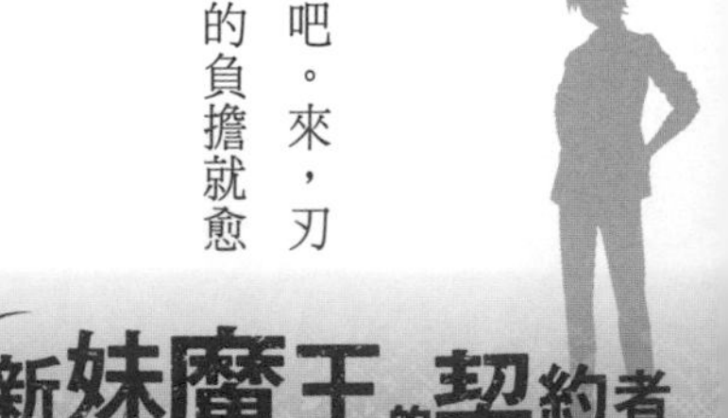

用左手遮掩胸部的澪，聲音已經跟撒嬌沒兩樣了。
催淫詛咒使她全身拿不出半點力氣。
「啊……不要……」
刃更抓住那隻手一把拉開，再度暴露她的胸部。
「！……啊啊……」
被刃更看見了——而且在室外。
刃更的視線和夏夜晚風的吹拂，對因催淫詛咒而倍加敏感的胸部造成強得嚇人的感觸——如此難以置信的悖德情境，讓澪火熱難耐地叫出聲來。
「！……開始嘍。」
刃更吞吞口水，總算將手伸向澪的胸部。
當手碰觸到剝去胸罩，也沒有手來遮掩的乳房那瞬間——
「————————」
成瀨澪的意識立刻被沖上繼昨天以來的第十次高潮。
——接下來的事，對她而言已經是夏夢的領域。
直到主從契約的詛咒消失之前，刃更都不會停止揉胸。

採的是從背後環抱的姿勢。

他強行將澪按倒在一旁的草坪上。

猛烈的揉捏使胸部不斷變形，途中，刃更開始對那鼓脹的尖端又捏又搓。

「呀啊！啊啊……不要……刃更、哈啊……哥哥、嗯嗚……這樣我……哥哥不要……啊啊啊啊啊啊、呼啊啊啊啊啊啊啊啊啊啊啊啊啊啊♥」

刃更每次扣指一抓，澪碩大的乳房就擠成淫褻的形狀，溢出指縫間肉團是那麼地下流。

……怎麼辦……！我……又要……！

比締結主從契約那時強烈得多的快感，讓澪不知叫了幾次「不要」。儘管胸部和乳頭都被刃更的手恣意玩弄……她的感受卻是驚人地愉悅。每當劇烈快感不受控制地膨脹，澪的腰臀也跟著粗鄙地跳動。

……天啊……高潮，停不下來……！

「……——嗯、啊啊啊啊啊啊啊啊啊♥」

快感衝上頂點的速度快得驚人，腰臀陣陣地不住抽搐。

即使如此，刃更的手也沒有放開澪的胸部……最後將她抱到自己腿上，從背後狂揉雙乳。

——不知不覺地，澪也完全接受了刃更。

甚至途中將手疊上他搓揉胸部的手，把自己完全交給他。

「不要」二字已經從腦袋裡完全消失，就只是柔媚地不斷呼喊「哥哥」，成為讓他玩弄乳房也理所當然的淫蕩繼妹。

然後——

「澪大人……請看。」

萬理亞湊到耳畔的低語，使澪用她迷濛的雙眸望去。

「啊……」

因催淫詛咒與刃更給予的快感而濕濡的眼中，那朦朧的夜景美得是如夢似幻。美不勝收。

更勝至今見過的任何一處。

於是澪轉向刃更，悄悄說出她的願望。

並且——

「這次，不是隨便說說而已……」

補上這麼一句。

「…………好，知道了。」

刃更點頭答應，要一鼓作氣使澪屈服。

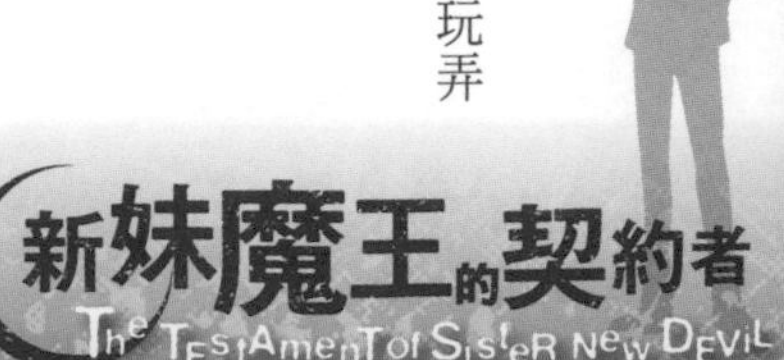

原本還挺溫柔的動作變得有些粗暴，力道也強了許多，澪的乳房立刻變得比先前還要淫靡。

轉眼間，包圍澪視線的光輝侵蝕進她的意識。

「————」

澪的一切終於流入光的漩渦之中……就此失去意識。

6

——事後。

刃更和萬理亞確定澪的詛咒已經消失，幫昏厥的她穿上衣服，離開公園踏上回家的路。

萬理亞心情好得不得了，甚至哼起了歌，刃更在她背後揹著澪慢慢地走。

或許是夢魔本能使然，萬理亞到現在仍是亢奮得有剩。

「哎呀~想不到真的能做到這個水準，而且現在還只是主從契約第二天呢。兩位前途一片光明，我好期待喔！」

「搞出這種事還這樣說，妳真的是喔……」

見到年幼夢魔轉過來笑嘻嘻地說那種話，刃更力氣都沒了。
「啊，對了刃更哥。澪大人最後跟你說了什麼呀？」
萬理亞臨時想起似的問。
「…………嗯？什麼東西？」
這樣的回答讓萬理亞緊咬著追問。
「少來了啦，還裝傻咧～都到這個地步了還想瞞我，豈不是要害我晚上睡不著嗎？快告訴我嘛，好啦～」
「不告訴妳就是不告訴妳。」
而刃更仍然不客氣地這麼說。
萬理亞現在這麼興奮，要是告訴她——
……鐵定會想歪。
沉默是金。
「唔～那好吧。等澪大人醒來我再問她。」
見刃更決意不說，萬理亞嘟起了嘴。
「是喔……不要死喔。」
刃更不禁佩服起她的勇氣。

「少來少來，這麼擺明地嚇唬我是沒用的喔，刃更哥。澪大人在那種狀態下，怎麼有辦法說出什麼刺激的事嘛。啊哈哈。」

年幼夢魔將刃更的忠告一笑置之。

——既然她都這麼說了，那就隨她去吧。

於是刃更也不再多說什麼。

——到家後。

刃更泡澡時，聽見二樓傳來激烈碰撞聲和慘叫。

八成是澪終於醒來，萬理亞問她當時說了什麼吧。

「不是都告訴妳了嗎……」

一睜眼就見到強行扒光自己衣服的人在眼前，任誰都會做出同樣的事。

「繼昨天之後，今天也要搞到天亮啊……前途黑暗喔。」

東城刃更躺在浴缸裡望著虛空喃喃地說。

第2章 新妹魔王與夜戰撲克

「——刃更哥，想不想跟我和澪大人加深感情呀？」

某天晚餐後。

蘿莉色夢魔萬理亞叫住正要回房的刃更。

「表情那麼認真，還以為妳要說什麼咧……今天妳又想幹麼？」

刃更懷疑地問，萬理亞開始解釋自己為何有此提議。

——他們不僅是同居，還是生死與共的命運共同體。

那麼，在敵人不知何時來襲的狀況下，應該要多找機會使彼此關係更親密，加深信賴才對。

……有道理。

不只是生活，信賴在戰鬥上也無疑是一大要點。

「既然這樣，我當然是贊成……可是妳所謂的加深感情是要怎麼做？」

刃更略顯戒備地問。

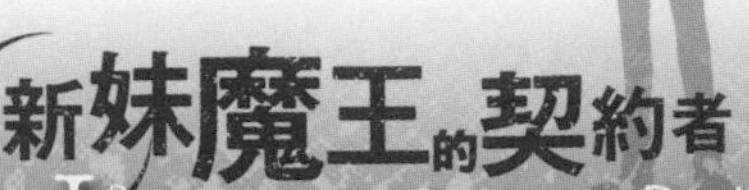

第②章
新妹魔王與夜戰撲克

這個年幼的夢魔最愛搗蛋——而且主要是色色方面。

刃更和澪現在動不動被她牽著鼻子跑。

結果——

「啊啊，刃更哥好過分喔！怎麼用那種懷疑的眼神看人！」

萬理亞突然誇張地表現她的委屈。

什麼人，妳是惡魔吧。刃更不禁在心裡吐槽。

「我只是想跟你們一起玩我打掃的時候發現的這個而已耶！」

她從口袋裡掏出一個小紙盒。

「……………咦，撲克牌？」

怎麼說呢，原來是這麼正經的東西，一時難以反應。

見到萬理亞委屈得有點濕了眼眶，刃更搔著臉頰說：

「對不起啦……妳平常都那樣，害我以為妳又在動歪腦筋了。」

「又在動歪腦筋？你這是什麼態度啊，是真的想道歉嗎，刃更哥？」

「真的啊，真的啦！對不起嘛！」

萬理亞對急忙再三道歉的刃更「唔～」地抬眼一瞪。

「——那們，今晚就陪我玩牌吧？」

「好啊，沒問題。」
「一定要玩到最後喔？」
「知道知道。」
刃更點頭後，萬理亞總算是恢復笑容，臉上大放光彩。
「太好了！那我們走吧，刃更哥。」
「咦……要去哪裡？」
「澪大人房間。我現在要去問她，不如就直接到她房間玩吧。」
萬理亞抓著刃更的手拉呀拉地，頂著燦爛笑容對遲疑的他說：
「沒錯，我們三個一起玩——要玩到最後喔。」

二樓最深處——成瀨澪在東城家的房間就在那裡。
結束晚餐後。
她返回房間，想換上輕便的居家服。
「嗯～內衣不用穿了吧。」
澪想了想，從衣櫃裡挑出一件附胸墊的細肩帶雪紡洋裝。

第 2 章
新妹魔王與夜戰撲克

當她脫下衣服裙子，只剩內褲時——

『不好意思，澪大人～可以進去嗎～？』

房門敲響，傳來萬理亞的詢問。

於是澪應門讓她進來——

「嗯，好啊。」

並伸手解開內衣背扣。就在這時，門打開了。

她一邊將手抽出肩帶一邊轉頭——

「怎麼啦萬理亞，有什麼事——……」

然後停止所有動作。

因為刃更也在開門進房的萬理亞背後。

突如其來的狀況凍結了澪的思考。

畢竟她現在剛卸下內衣，身上只剩下內褲這一小塊布。

見到她如此無限接近裸體的模樣，刃更也愣住了。

「————」

「————」

雙方呆立整整五秒之後，澪的腦袋才總算跟上狀況，失聲慘叫。

「！————啊啊啊啊啊啊啊啊啊啊啊啊！」

「哇啊啊啊啊啊啊啊啊啊啊啊啊啊對不起！」

但人類在恐慌狀態，很容易犯下平時絕不會犯的錯。

刃更急忙向後轉時，澪下意識朝他丟出手上的東西。

這原本是表示「不准看」的行為，然而——

「！————……？」

澪這時才發現自己的失態。

她拿來丟刃更的東西，就是她剛脫下的內衣。

而且那種礙於重量與形狀而一般是丟不遠的東西，居然可能因為姿勢恰到好處，偏偏在這時成功扔到了刃更那。

還是整個蓋在他頭上。

「嗯……這什麼？」

刃更不解地伸手取下時——

「不、不可以——！」

澪立刻衝上前去。

讓刃更摸剛脫下的熱呼呼內衣這種事，說什麼都不能發生。

第 2 章

新妹魔王與夜戰撲克

考慮到兩人身高差距，以及刃更背對房間，澪選擇的是從背後衝撞。

「唔喔！痛死我了……妳、妳幹麼！」

「還、還我啦，笨蛋！」

澪粗暴地把刃更壓在地上，用雙手搶回她的胸罩。

「！……喂、喂！妳怎麼……！」

「咦————……？」

見到由下往上望的刃更愣住，澪也低頭往身上看。

——只穿一件內褲的人，用雙手搶內衣會怎麼樣呢？

那必然是陷入「藏得了胸罩藏不了胸」的狀態，此外什麼也不是。

「————————！」

這樣的本末倒置實在丟死人了。

把刃更墊在屁股下的澪急忙用手遮掩雙乳。

「…………萬～理～亞————————！」

「咦？變成這樣不是我的錯吧！」

「還不是因為妳沒說刃更也在！」

「我、我也沒說他不在啊！」

即使萬理亞倉皇狡辯，羞紅了臉的澪仍不由分說地掐住她的脖子。

飯後來場撲克牌。

原本事情就只是這麼單純，卻先浪費了不少時間和體力。

等到澪終於不氣了以後，她勉強答應萬理亞的提議，在房裡玩起撲克牌。

途中，刃更不經意地看看房間。

……欸，原來長這樣啊。

刃更頂多是來到門邊，叫她吃晚餐或洗澡而已。

像這樣整個人踏進房間還是第一次。

澪的房間以粉紅色為主，家具和小飾品清一色充滿少女氣息，還瀰漫著一股幽香。

……完全不一樣呢。

格局和刃更房間差不多，氣氛卻因為使用者不同而有這麼大的差異。

——開始和澪她們同居之前，他都是和父親迅單獨過父子生活。

對始終與女性家人無緣的刃更來說，澪的房間是新鮮得不得了。

不太習慣的空氣，讓他有點靦腆地說：

「說到這撲克牌嘛……最近我都沒在打耶。」

「喔？聽你這樣說，好像以前常常打喔？」

刃更朝著從盒中取出卡牌的萬理亞點點頭。

「是啊，好多年前了。還在『村落』的時候，有段時間很常跟年紀差不多的人整天打牌。」

「整天打啊，太糟糕了吧。」

「妳那顆亂想的腦袋才糟糕。」

刃更吐槽萬理亞後繼續說：

「而且，我也經常跟老爸比賽。」

「跟迅叔叔？可是撲克牌不是要人多才好玩嗎？」

「對『抽鬼』跟『大富豪』來說是這樣啦。」

刃更苦笑著解釋：

「我們玩的幾乎是『SPEED』。那是雙人遊戲，玩熟以後還很有戰鬥訓練的效果。」

「戰鬥訓練……？用撲克牌遊戲訓練？」

「對呀。與其聽我說，不如自己玩一遍比較快，要嗎？」

「咦，好像很有意思嘛……那麼刃更，你跟我玩吧。」

澪對刃更的提議頗感興趣而稍微往前挺。

並坐到刃更的正面。

「不要放水喔。我也滿會玩『ＳＰＥＥＤ』的。」

「知道了，沒問題。」

刃更點頭答應，也轉向澪。

——「ＳＰＥＥＤ」一如其名，是種競速的雙人撲克牌遊戲。

首先分成紅黑兩堆。

雙方各持一堆作手牌。

再將手上的二十六張牌混洗乾淨。

然後從手牌依序翻開四張，在自己面前排成橫列，稱作「場牌」。

雙方同時喊聲，從手牌各抽一張，牌面朝上置於兩列場牌之間作「公牌」，接著遊戲開始。

規則很簡單，盡可能從場牌中將數字相鄰的牌快速疊上公牌。

場牌最多四張，一有空位就從手牌補足。

假如雙方場牌都是四張，且沒有與公牌數字相鄰的牌，那就跟遊戲剛開始一樣，同時翻

第②章
新妹魔王與夜戰撲克

開一張手牌蓋在公牌上，如此反覆消解並補充場牌。

先出完所有手牌與場牌的一方即獲得勝利。

——這場遊戲中，刃更是黑方，澪是紅方。

兩人對面而坐，布下四張場牌。

「「一二開始！」」

並在喊開始的同時放下公牌——刃更ＶＳ澪的「ＳＰＥＥＤ」就此開戰。

不久——

「騙人……」

眼前的勝敗結果使澪錯愕地如此呢喃。

輸得是一塌胡塗。

很久沒玩了，或許動作是有些生疏沒錯。

但刃更應該也一樣才對。

然而澪卻在留有大量手牌的情況下敗給了刃更。

而且不只一次。

好勝的澪重複挑戰了好幾次，結果五戰全敗。

而且差距愈輸愈大。

是因為雙方都找回手感後，實力差距更加明顯了吧。

以剛結束的第五場來說，在總共二十六張牌之中，場牌加公牌，澪居然只出掉了八張。算起來，刃更的速度足足有她的三倍。儘管能否出牌也與運氣有關，但差距大成這樣實在很不尋常。

「…………好啦，就是這樣。」

刃更苦笑著收拾自己出完的牌。

……好厲害喔。

對此，澪除了驚訝還是驚訝——甚至是感動。

速度要快，放牌的手部動作只是基本，還得瞬間判斷從哪張牌開始放，先放哪一堆公牌。

而且刃更不光注意自己的牌，還隨時掌握澪的場牌，下最好的選擇。

此外，他還會在澪有出牌動作時立即反應，先下牌以防止澪出牌，出不了牌時還會作假動作，短暫打亂澪的節奏。

當澪計畫被破壞而緊張或慌亂時，刃更仍一張張消化自己的牌。

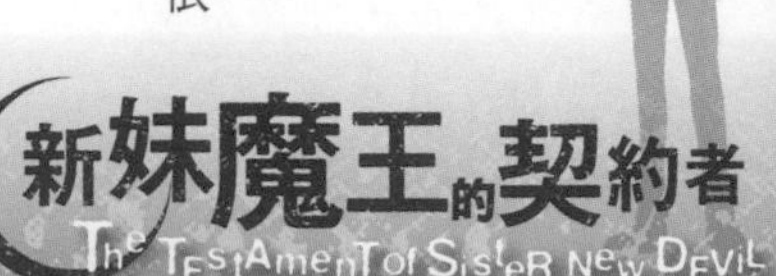

一旦雙方都沒牌可出，刃更就立刻喊出牌，不給澪重新整理的時間，完全掌握主導權，兩三下結束牌局。

澪原本還頗具自信，結果顯然不是對手。

現在——

……可是，刃更或許說得沒錯。

遊戲開始前，刃更說過「ＳＰＥＥＤ」有戰鬥訓練的效果。

澪已充分了解到那是什麼意思。

把握雙方瞬息萬變的狀況。

在對方之前行動，作最有效益的選擇。

誘使對方預測或計算失準，破壞其自信心，使狀況變得對自己更有利。

這全都和實際戰鬥相通。

「話說回來，輸贏居然可以差這麼多……刃更哥好厲害喔！」

在一旁見到結果後，萬理亞不以為意地說：

「不過……第一場注意力大概是被澪大人的胸部分散了，只差幾張牌而已。」

「我、我是……！」

萬理亞對慌張的刃更嗯嗯點頭說：

「我懂你的感受。澪大人的胸部已經那麼大了還穿細肩帶，逼死人了呢。穿這麼露的衣服，每次出牌胸部都會晃來晃去，真的讓人很受不了呢。」

再加上──

「打『SPEED』的時候姿勢都會向前傾，角度簡直爽呆了。乳溝啊鎖骨啊北半球啊全都一覽無遺，精神集中不起來也是沒辦法的事。」

「………哼～原來是這樣。」

澪握拳遮著乳溝，用鄙視的眼神看刃更。

「呃，我是…………！對啦，我可能……真的有偷看一下……對不起。」

刃更臨時收回到口的藉口，抱歉地低下頭。

……呵呵。

見狀，澪暗自微笑。

她覺得會這樣坦率地認錯道歉，也是刃更的優點。

如同大部分女孩，澪也曉得自己的外表在男性眼中是什麼樣。因此，她平時對周遭的視線頗為敏感，只有像剛才專心玩遊戲時例外。

所以她很清楚異性是怎麼看她的。

……可是。

她不喜歡因為周遭的視線而委屈自己。

看到可愛的迷你裙，她也會想穿；想在家裡放鬆，就會像這樣穿輕便一點。被人多看兩眼的機會提高也是莫可奈何。

……不過。

儘管如此，她也絕不是希望別人直盯著她的胸部、臀部和腿。

穿那樣的衣服，並不是為了服務男性。

一兩眼就算了，對那些一看再看，還反過來說「不想被看就不要穿成這樣」的男性，真想先賞個幾拳再說，偏偏這樣的人滿地都是。

然而刃更會老實認錯，盡可能不去看，已經算是很努力了。

被這樣的人不經意看了幾眼，感覺也不會多討厭。

反而他慌張起來可愛得不得了，好想多逗他一點。

所以——澪小貓似的雙手撐地，往正前方的刃更貼近。

「刃更啊……再玩一場好不好？」

「！——那個，『ＳＰＥＥＤ』應該已經玩夠了吧？」

刃更一別開眼睛，澪就繞到他眼前。

然後把身子貼得更近。

「可是我一場都沒贏過耶……不行嗎？」

「那、那我們玩其他的好不好？『SPEED』只能兩個人玩，萬理亞在旁邊看那麼久了，很可憐耶？」

「咦？我比較喜歡看澪大人晃奶耶。」

「不要吵啦！好嘛，換個遊戲吧，澪？玩妳比較會的也沒關係！」

「是喔？那玩什麼好呢～」

澪對慌張的刃更加深笑容，思索起來。

「那就玩『撲克』吧？這可以三個人玩，而且我有信心比『SPEED』玩得更好。」

「『撲克』啊……牌型這種最基本的規則我還懂，怎麼下注那些就不知道了。」

「沒關係啦，單純換牌比大小也可以。反正我們只有牌，沒有籌碼……只是沒有賭東西，感覺沒那麼刺激就是了。」

澪聳肩這麼說之後——

「那麼澪大人，最輸的人要接受懲罰遊戲怎麼樣？」

萬理亞笑容滿面地這麼說。

「懲罰遊戲……我看妳是想趁機亂來對不對？」

面對澪懷疑的眼光——

「？澪大人，您是怕自己會輸嗎？」

「…………………啊？」

澪被萬理亞激得一愣，不禁反詰。

「您剛才說『有信心比SPEED玩得更好』……又說『只是沒有賭東西，感覺沒那麼刺激』，所以我才幫您出一些點子嘛。」

萬理亞低頭說道：

「對不起，是我雞婆了。看來您還是不覺得自己會贏，差點就要強迫您做不情願的事了呢。明明澪大人喜歡的『撲克』，是一種可以玩得很安全的遊戲。」

「喂、喂……萬理亞？」

刃更試圖制止出言挑釁的萬理亞。一旁──

「……………………………………」

澪眯著眼，不說話了。

「……澪、澪？」

刃更喚了幾聲，想看看澪的反應，但澪無視於他。

──澪曉得那是很粗淺的激將法。

但是被人嘲笑成這樣，豈有吞忍的道理。

……這也是個好機會。

或許是夢魔的好色本能使然，最近萬理亞一有機會就想對澪毛手毛腳。

多半是澪因主從契約成為刃更的屬下那當時，讓她看見了一連串可恥模樣所致。

從那一天起，萬理亞下起手來顯然是沒那麼客氣了。

不過儘管沒用過主從契約魔法，萬理亞仍是澪的屬下。既然受了她那麼多照顧，澪自然也想和她打成一片，不要那麼拘束。

可是，被她騎到頭上也不行。

是時候給她一點教訓了。

於是澪呵呵一笑──

「那好哇……以為我會怕妳嗎？」

正面接受了萬理亞的挑釁。

沒什麼好怕的──贏牌就對了。

──第一步，是每個人用便條紙各寫五種懲罰遊戲。

然後用掏空的面紙盒裝起來。

第②章
新妹魔王與夜戰撲克

道具全由刃更準備，防止萬理亞動手腳。

懲罰遊戲籤盒完成後，「撲克」總算開始。

接著——

「————好，我贏了。」

刃更三條，萬理亞兩對，澪拿出的則是順子。

三人共準備了十五個懲罰遊戲，而這九場全是澪最贏。

為防萬理亞出千而負責發牌的刃更收拾著場上卡牌，並問：

「又是澪贏喔……妳也太強了吧？」

「不是說過我有信心了嗎。」

澪呵呵笑著驕傲挺胸。

另一方面……

「嗚嗚，這次又是我輸……」

萬理亞沮喪地將手探進面紙盒，取出寫上懲罰遊戲的籤條。

「呃，『按摩贏家的肩膀』……」

「啊，那是我寫的。」

「唔……都幾歲了，怎麼還寫這種小學生也不會寫的半吊子懲罰啊。要按摩當然是胸部或屁股這些色色的地方嘛！」

「很可惜，輸家沒有說話的份。不管妳多不喜歡，都只能乖乖照辦。懲罰遊戲是絕對不可違抗的。」

目前澪所寫的懲罰遊戲，每個都像這次一樣單純。

澪和滿腦子都想讓澪接受色情懲罰的萬理亞不同，目標是在這十五場牌局中獲得壓倒性勝利，讓萬理亞知道她有多厲害。

那些無趣的懲罰遊戲，也是為了讓萬理亞更懊悔而故意寫的。

「快點。」澪轉過背來，萬理亞不甘地揉起肩膀。

……希望妳多少能學到教訓。

澪在心裡竊笑。

——接下來的第十戰。

又是澪獲勝，萬理亞最輸。

「嗚啊～我又輸了……啊，而且這是我自己寫的。」

「是喔。說到這個，萬理亞的懲罰還是第一次出耶。」

「太遺憾了……我很希望是澪大人來執行的呢。」

「好喔好喔，真是太可惜了。」

第②章
新妹魔王與夜戰撲克

反正那一定是些不三不四的事。

自爆是妳活該。惡有惡報。

就在澪悠悠而笑時——事情往始料未及的方向滾動了。

「…………沒辦法。」

萬理亞這麼說之後，居然脫起衣服來了。

「呃……萬理亞？」

「喂、喂……！」

她就這麼當著慌張的澪和刃更的面，脫到只剩內衣。

——出現在外衣底下的，並不是普通的內衣褲。

而是薄紗的蕾絲睡衣。

大部分都是半透明材質，上半身小巧的乳房與其尖端，下半身堪稱萬理亞本體的部位都隱約可見。

光是這身比赤裸更撩人的模樣就夠嚇人的了……萬理亞接著還輕輕捧起刃更的臉，將他固定住。

「那麼刃更哥，不好意思喔——……」

「——咦？」

嘴唇慢慢貼近錯愕的刃更。

「給、給我等一下！」

澪急忙抓住她的肩，阻止萬理亞的蠻行。

「妳、妳突然發什麼神經啊！」

「沒有啊，就懲罰遊戲嘛。」

萬理亞接著交出的籤條是這樣寫的——

『脫到剩內衣，親吻另外兩人中的異性。』

「這、這種事當然不行啊！」

「哎喲喲，澪大人？怎麼現在才這樣說？」

萬理亞對滿臉通紅罵人的澪悠悠笑道：

「不管發生什麼事，懲罰遊戲在這場遊戲裡都是絕對不可違抗的。所以誰也不能阻止我這個輸家執行懲罰遊戲。」

聽見如此堂而皇之的宣言——

……唔，原來是這麼回事……

澪終於明白萬理亞的真正目的，咒罵自己的糊塗。

——萬理亞的目的，並不是讓澪執行懲罰遊戲。

這場牌局的重點，就只是導入懲罰遊戲這要素而已。

對夢魔萬理亞來說，色情的惡作劇不一定需要澪來做，她自己也能玩得很高興。

先前那廉價的挑釁，是為了不讓澪注意到這一點。

「那、那我這個贏家饒妳一命，跳過這場懲罰遊戲——」

「不可以喔，澪大人。輸家要接受懲罰遊戲，是遊戲開始前就定好的大前提。就算妳是贏家，也沒有改變規則的權利。」

萬理亞斷然撇開澪的要求，再度轉向刃更。

「所以說呢，我要吃掉刃更的唇嘍。」

「妳、妳等一下！親嘴唇不好吧！」

澪也在刃更倉促的推託之詞中找到突破口。

「！——對、對呀！上面只寫親吻，沒寫一定要親嘴唇吧！」

「死到臨頭還嘴硬……那我就親更色的地方。刃更哥，請脫內褲。」

「要接受懲罰遊戲的妳沒有決定權吧！這種細部設定要讓贏家來決定才對！」

「原來如此，是有道理。那麼澪大人，您要我親刃更哥的哪裡？」

「這……親臉頰或者親額頭……就好。」

「好。」萬理亞對愈說愈小聲的澪點點頭，吻上刃更臉頰。

——對澪來說，那已經是最無所謂的部位。

然而——蘿莉色夢魔萬理亞可不是省油的燈，沒有嘴唇碰個臉頰就結束。

只見她雙手環抱刃更的脖子——

「嗯……啾、咧嚕……嗯、呸嚕……」

舌頭從貼在臉頰上的唇縫間鑽出來，舔起刃更的臉。

「！————……？」

那種吻法別說是當事者刃更，就連旁觀的澪都羞紅了臉。

經過一段濃烈的親吻後，萬理亞喘著熱氣退開。

「嗯……差不多就這樣吧。」

「拜、拜託喔……！」

「奇怪？妳叫我親臉頰，我就照辦啦，哪裡有問題嗎？」

「……………！」

澪忍不住想罵人，但萬理亞若無其事的態度讓她說不下去，只能無奈吞回去。

見狀，萬理亞面露滿意的笑容。

「來——我們繼續玩，現在只是剛開始而已呢。後面還有更厲害的懲罰遊戲在等著我們呢。」

「————————！」

這句話使澪不禁倒抽一口氣。

——刃更發的牌並不差。

其實是相當地好——起手兩對，而且抓順抓葫蘆。

……可是。

假如澪又贏了這一場，萬理亞恐怕又會以懲罰遊戲為由，對刃更做些下流的事。反過來說，她甚至可能故意輸牌。

……既然這樣。

這次真的拿她一點辦法都沒有。

只能默默看著萬理亞對刃更亂來。

「………………………………！」

那麼自己究竟該怎麼做才好？

猶豫到最後，澪選擇換牌。

結果是——

「…………我烏龍。」

澪故意拆掉牌型，選擇輸牌。

……不就只能這樣了嗎……！

之前簡單一個吻都吻成那樣了，還說只是剛開始。

非得故意輸給她不可，不能再讓她為所欲為。

接著——

「……我是順子。」

刃更選擇了贏牌。

他不能輸，不然很可能被迫非禮澪或萬理亞，所以是打算和澪一樣贏牌，盡可能緩和萬理亞的懲罰遊戲吧。

可是——

「啊～不好意思，我葫蘆。」

萬理亞輕輕鬆鬆破壞了刃更的企圖。

「終於贏一把了。來吧，澪大人。請抽懲罰遊戲。」

「…………！」

面對那堆滿笑容的臉，澪只好乖乖將手伸進面紙盒。

取出的懲罰遊戲是——

「『換上性感內衣，勾引其餘兩人中的異性』……開、開玩笑的吧？」

內容使澪傻在當場。

「再說我又沒有性感內衣——」

「啊，敬請放心。我早有準備。」

說完，萬理亞不知從哪裡掏出一個紙袋。

「請換上這個，尺寸正好合您的身。」

「為、為什麼要穿妳選的啊……！」

「您不是才剛說過嗎，細部設定要讓贏家來決定。」

「！我是——……」

她說得沒錯。萬理亞的反駁讓澪一聲都吭不了。

「那就麻煩您了，澪大人。」

「…………………………」

無可奈何的澪只好接下紙袋，到走廊去。

……到底是什麼內衣。

澪的手忐忑地伸進袋子，取出內衣。

結果比她想像得還要煽情。

那是一件紅黑雙色的馬甲背心。

然後是絲襪、內褲、項圈和吊襪帶。不只是性感內衣，完全是情趣內衣。

最後紙袋裡還有一張紙。

「這是……說明書？」

上頭是圖文並茂的穿戴說明。

有了它，就不能以不會穿之類的藉口耍賴了。

退路完全被封死的澪就此慢慢褪去身上衣物——

「…………………………」

在走廊一絲不掛，換上煽情得難以置信的內衣。

以不熟悉的動作，一步步逐漸蛻變成比全裸更惹火的模樣。

沒有多久——

「騙人……真的合身。為什麼……？」

萬理亞所準備的內衣簡直像訂做一樣契合澪的身軀，緊貼在肌膚上，將澪的曲線襯托得比裸體更強烈。

光是站著就能勾動男人的澪，羞怯得在走廊上躊躇了一段時間。

『…………澪大人～還～沒好～嗎～？』

房中傳來萬理亞興奮的呼喊。

『有需要的話……不如我來幫您吧～？』

不是開玩笑的。真的請她幫忙就著了她的道。

多半會假裝手滑，把內衣扯歪……不然就是暗中動什麼手腳，讓重點部位的繩帶更容易鬆脫之類。

——讓刃更看見這模樣，簡直羞死人了。

可是在這個狀況下，讓刃更和萬理亞獨處也很危險。

「————！」

於是澪下定決心，開門進房。

兩人視線無可避免地向她射來。

「哇……澪大人好美喔。」

相較於表情陶醉的萬理亞——

「！………………」

刃更拚了命地使視線不與澪對上。

然而，事情還沒結束。萬理亞的懲罰遊戲可沒有那麼簡單。

「那麼澪大人，請勾引刃更哥。要盡可能色一點喔？」

「…………知道了啦。」

儘管答得很無奈，澪依然乖乖照辦。

不過——

……色一點是要怎麼做啦……

其實她一點概念也沒有。

還比較想要這部分的說明書呢。

——但話說回來，總不能一直在這乾想下去。

要是猶豫太久，恐怕會給萬理亞這贏家亂來的藉口。

「——————」

所以澪硬起頭皮，和先前一樣像隻小母貓爬向刃更試試看。

同時強忍羞恥，將屁股搖來搖去。

「——————！」

剎那間刃更滿臉通紅，視線移得更開了。

這樣的反應讓澪轉過頭，用「怎麼樣？」的眼神看萬理亞？

「？您在看什麼？請繼續。」

就像在說「該不會以為這樣就過關了吧」一樣。

……好喔，那我就……！

第②章
新妹魔王與夜戰撲克

更豁出去一點。

於是澪轉向刃更說：

「刃更……你看這邊。」

「為、為為、為什麼？」

即使她嗲聲嗲氣地這樣喊，刃更仍死不看她。

但臉頰和耳朵都早就紅透了。

……刃更他，在害羞耶……

見到刃更比自己更緊張的反應，讓澪心裡出現放鬆的空間。

——她知道她不該有這種想法。

可是刃更害羞的模樣讓她不禁覺得好可愛，一下子就忘了自己的羞恥，心底深處萌發進一步調侃刃更的想法。

就在這時——她的身體忽然發燙了。

「——咦，不會吧……這該不會……啊、嗯……♥」

面對刃更的顧忌，澪心中產生了惡作劇的想法——這樣的情緒含有悖德的快感。

主從契約沒有放過她的罪惡感。

澪是透過萬理亞的魔力與刃更締結主從契約，夢魔萬理亞的特性「催淫」變成了詛咒的效果。

儘管她對刃更沒有惡意，詛咒並不強，但仍足以使她陷入發情狀態。體內湧現嚇人的甜美熱流與酸楚，轉眼浸淫了澪的思緒，被肉慾吞噬的她也不由得解開了羞恥的限度。

「嗯！……呵呵，哥哥……♥」

澪就此鑽進與她相對的刃更大腿之間，兩膝近得幾乎要碰到他的胯下，大膽得連自己都嚇了一跳。

「哥哥？……澪，主從契約的詛咒該不會又發作了吧？」

以「哥哥」稱呼刃更，是澪在詛咒發作時的習慣。

澪用雙手摟住慌張的刃更不讓他逃跑，在雙方的臉近得鼻息能互相接觸的情況下說：

「來嘛……你看嘛。這套內衣是穿給哥哥看的喔。」

並面帶邪笑，在刃更臉頰上舔了一口。

「澪大人，那是我舔過的……」

「沒關係啦，我也很想舔哥哥嘛。」

接著，澪的舌頭彷彿要舔遍刃更似的在他身上爬動，在臉頰、脖子淫猥地留下宣示主權的記號。忘情舔舐中，肉慾使澪的軀體愈發火燙。羞恥心早已不知去了哪裡，只餘下舒爽的

昂揚與愉悅。

當熱度更上一層——

「哥哥……人家好熱喔，怎麼辦……」

「什麼怎麼辦……離、離我遠一點就好了吧！」

聽了這當然至極的反駁，澪的回答是：

「這怎麼行……我不是要勾引哥哥嗎。」

可是好熱喔……到底該怎麼辦呢。明明這麼舒服、這麼刺激，可是再這樣下去好像會發狂。於是——

「…………對了。哥哥，抓好這個。」

想到該怎麼辦之後，澪要刃更的右手握住某樣東西。

「這、這是什麼帶子……？」

「抓好……不要放喔。」

並抓住刃更的右手，慢慢往旁邊拉。

——澪要刃更抓住的，是結在馬甲胸前的重要繩帶。

在咻咻咻的摩擦聲中，馬甲胸前逐漸敞開。

「咦——……？呃，喂！」

刃更急忙抽手，但為時已晚。繩帶繫緊的罩杯無力鬆開，房中空氣流入馬甲之中，搔弄澪的乳房。

接著馬甲愈鬆愈開，澪的巨乳迫不及待似的彈出來……原本就已經充血得很厲害的乳頭暴露在外，形狀變得更為勾魂，染滿淫蕩的紅豔。

「怎麼這樣啊……哥哥好色喔。」

「哪有，明明是妳自己……！」

「才不是，這都是主從契約的詛咒害的，我也沒辦法啊。」

沒錯，現在做什麼都可以。再怎麼淫蕩都行。

——轉頭一看，萬理亞正用興奮得不得了的眼神看著她。

她也沒想到澪會做到這種程度吧。

起初八成只是想玩些色色的惡作劇——現在妳看到了吧？

……我也可以這麼騷……

怎麼樣？澪得意之餘，想起了某件事。

那是能讓萬理亞設下的牌局在此結束的好主意。

心裡是有點害羞，但澪也想不到其他方法解決了。

因此——

「哥哥，拜託……可以讓我解脫了吧？」

成瀨澪開口勾引了刃更。

「不然再這樣下去，我會變得更淫蕩喔……」

替澪消除主從契約的詛咒，讓她解脫——刃更知道這句話是什麼意思。

結主從契約時，以劇烈快感使澪的心靈深深屈從於他的不是別人，就是刃更自己。

聽見如此撩人的懇求，臉紅的刃更有些不知所措。

但他也明白自己沒有別的選擇，於是——

「…………知道了。」

最後刃更點點頭，終於和澪對上眼。

——那是與先前慌亂的刃更判若兩人的眼神。

非要成瀨澪服從不可，至高無上的主人之眼。

接著，刃更往暴露在眼前的乳房伸出了手。

「……呀……啊、啊啊……♥」

澪想像自己會有何種遭遇，不禁全身打顫。

締結主從契約時刃更所給予的快感，與堪稱極致的高潮是什麼感受，早已刻滿了她的身軀，深到不能再深。

所以她無法抵抗。

澪所能做的，就只有接受——享受淫慾並屈服而已。

「——————」

於是澪輕輕閉上雙眼。

見狀——

「————我來嘍。」

刃更以極為低沉的語調這麼說之後，隨即抓揉澪的雙乳。

理解——不，感受到這事實的瞬間，因視覺遭到遮蔽而增幅的感官使快感極速飆升——

「！————～～～～～～～～♥」

要逼人發狂的快感風暴，席捲了成瀨澪的全身。

——從這一刻起，完全是淫慾的時間。

因催淫而熱到快融化的乳房，被刃更揉得不停變形到令人喘不過氣的地步。

「呀啊！……哥哥♥哈啊啊啊！哥哥……♥」

刃更每次刻下的快感都使澪高聲嬌喘，高潮連連。

——想消除詛咒，就非得讓澪明白誰是主人不可。

因此，當刃更面對面地抓揉澪的雙乳而使她第一次高潮時，就將後仰的她順勢壓在地上，並立刻大肆揉捏起來。刃更經驗少，沒有拿捏力道的餘裕，只知道一股腦地揉，要讓澪屈服於快感之下。被刃更騎在身上的澪，也在每一次快感飆升至極時扭動顫抖的腰臀……直到萬理亞提醒刃更，繼續騎下去恐怕會讓澪在不住扭動時受傷，他才稍微跪起來。澪得以用力扭腰之後，她的姿勢也從仰身變成俯臥。

「哎呀……不可以讓她逃走喔，刃更哥。請繼續。」

「————————————」

蘿莉色夢魔在這時下的指示，使刃更要蓋住澪似的往前傾倒，且雙手繞過左右兩脇抓住雙肩，將她往自己一口氣抬起來。

最後澪坐到刃更盤起的腿上，整個人落在他雙臂之間，成為最適合男性揉女性胸部的背後坐姿。胸部束帶和肩帶都已鬆開的馬甲完全掉落，使澪的上半身完全赤裸。刃更要在這樣的狀態下猛烈揉乳，徹底告訴她誰才是主人，而澪的乳房也完全接受了刃更的手，自己也完全接受了他——現在的刃更無疑是澪的支配者。

第2章

新妹魔王與夜戰撲克

——當原本芬香的房間充斥著澪所釋放的女性氣味時。

浮現於澪頸部的項圈狀斑紋終於消失。

主從契約的詛咒消退了。

刃更也大口吐氣，拍拍自己的胸口。

「萬理亞，澪恐怕是玩不下去了。撲克牌可以收起來了吧？」

「是、是啊，當然可以。哎呀～真不好意思……想不到澪大人會放飛成這樣呢。」

刃更的話使萬理亞有些過意不去地用右手食指搔搔臉頰。

「還以為她馬上就會放棄，結果竟然這麼拚……」

「真是的……真的對不起的話，晚點要跟她道歉喔。」

「就是啊，這實在是……」

萬理亞頻頻點頭。

「…………對了，妳剩下的懲罰遊戲是怎樣？」

經刃更一問，萬理亞將面紙盒裡的籤條都掏出來看。

「呃……剩下『讓異性輕咬耳垂直到上癮』、『讓異性打屁股直到有感覺』、『痛罵異性到覺得對方可憐』這三個。」

最後一張乍看之下似乎沒什麼問題，但若澪將刃更罵到引起罪惡感，所觸發的詛咒恐怕不是剛那樣所能比擬。

「…………拜託喔。」

「啊、啊哈哈哈……可是刃更哥，你的最後一張搞不好也會鬧出大問題來喔？」

沒錯。刃更的最後一項懲罰遊戲是「收音機體操從頭做到尾」……一般而言是一點問題也沒有，但是在遊戲繼續的情況下，讓那種狀態的澪抽到這一張，說不定會成為全世界最色的收音機體操，光想就怕。

「總之，今天就玩到這裡了。」

「是啊……如果可以的話，我是很想看看澪大人打屁股到最後會變成怎樣。這部分，就等到下次有機會再說吧。」

萬理亞顯得有些遺憾，看來她完全沒受到教訓。

於是——

「————聽到了吧。怎麼辦？」

「？刃更哥，你在說什麼…………——啊！」

疑惑的萬理亞終於注意到一件事。

刃更懷中癱軟的澪已經清醒了。

「您、您是什麼時候從那麼厲害的高潮餘韻裡平復的……？」

「我沒必要告訴妳……不過妳放心，我會告訴妳其他事。」

「那個……是什麼事？」

「妳不是想實驗看看，我打屁股到最後會變成什麼樣嗎？所以啦——」

澪說道：

「就讓我好好地告訴妳，妳被我打屁股到最後會變成什麼樣。」

「咿、咿咿咿！告訴我那種事，我可愛的小屁屁會爛掉啦！」

「沒辦法，實驗勢必會有犧牲。那麼刃更，可以讓我和萬理亞獨處一下嗎？」

「……我懂妳的心情，可是不要太亂來喔。」

「你放心，我現在很冷靜……對，冷靜得抖到停不下來了。」

「…………是喔。要適可而止喔。」

刃更看自己不太可能阻止得了她，便由她去了。

一步步往後退，背手開門要到走廊上去。

就在這時——

「啊啊！刃更哥不要走！要是沒人在這裡拉住她，我的屁股真的會開花！澪大人，您那是什麼表情！難道您忘了那本來就是懲罰遊戲嗎？是用來給大家開心一下的耶！要是板著一張臉去玩，我實在是覺得很——」

刃更聽到這裡就關上門，回自己房間去了。

隔壁房間很快就傳來撕心裂肺的慘叫。刃更裝作沒聽見，睡他的覺。

——到了隔天。

來東城家玩的野中柚希見到萬理亞怎麼也不坐椅子或沙發，覺得很奇怪，但沒人告訴她真相。

順道一提。

從這天起，東城家有一段時間都不准玩撲克牌。別說刃更和澪，連萬理亞都沒有反對。

第3章 一早就活跳跳的蘿莉色夢魔

第3章
一早就活跳跳的蘿莉色夢魔

寄居東城家的成瀨萬理亞，是個愛搗蛋的蘿莉色夢魔。

而夢魔即是淫魔。

換言之——

……對刃更哥和澪大人做色色的事，對我來說都是本能！

所以這天一早，萬理亞便順從本能果敢執行了一場ＮＩＣＥ的惡作劇。

要在刃更起床時嚇他一跳。

「（……呵呵呵的呵。刃更哥～早安呀～）」

萬理亞一聲不響地推開刃更房門，躡手躡腳入侵房間。

從門口往床上看，一眼就發現了目標。

目標似乎正在熟睡，發出和緩的鼻息。

……昨天的熱牛奶果然一杯見效。

萬理亞唔呼呼地竊笑著，悄悄接近刃更床邊。

——平時，刃更基本上不會讓他人擅闖房間。
這是當然，因為澪正受到現任魔王派追殺。
所以即使在休息時，刃更也不會放鬆警戒。
隨時保持在一旦有人進房，就算在睡覺也會立刻察覺的備戰狀態。
……然而。
同時，那樣大量消耗精神力的過度緊張狀態也有嚴重的缺點。
持續久了，反而可能造成平時精神渙散。
因此，刃更偶爾也會想放鬆心神來休息。
於是萬理亞昨晚在刃更睡前替他弄了杯熱牛奶。
且以魔法附加加深睡眠層級的效果。
當然，她也將這點告訴了刃更。
包含她很擔心刃更的狀況。
若使神經繼續過度緊繃，肯定會對白天的戒備造成弊害。
因為萬理亞確實有這些憂慮，絕無半點虛假。
她便提議代替刃更守一晚的夜，好讓刃更放心休息，盡可能恢復點精神。
而刃更也答應了她的提議，還顯得很高興。

第3章
一早就活跳跳的蘿莉色夢魔

喝了她準備的特製熱牛奶就上床睡覺了。

——萬理亞心想，自己擔憂刃更狀況的心絕對不假。

可是。

擔憂歸擔憂……她還是會想來點色色的惡作劇。

無論怎麼說，這都是沒辦法的事。

不然呢，色色的惡作劇是裝在另一個胃裡的。完全是兩回事。

……啊啊！請原諒我那會隨複雜的夢魔心搖擺的脆弱心智吧！

萬理亞手扶額頭仰天長嘆，用誇張動作扭著腰接近刃更。

熱牛奶似乎很有效，刃更沒有清醒的跡象。

「（嗤嗤嗤，一點防備都沒有……我愛怎麼玩都可以！）」

站在床邊俯視刃更的萬理亞再也忍不下去。

笑嘻嘻地脫去身上衣物，手指勾起內褲慢慢往下拉。

……上男人的床叨擾時，脫光光才是有教養的夢魔。

露出渾圓的小翹臀，雙腳一隻隻抽出內褲後，萬理亞將襪子一併脫去，一絲不掛。

裸到不能再裸，全身光溜溜。

然後開始偷偷從旁入侵刃更的被窩。

「（打擾嘍～……哎喲喂呀，手不小心滑進刃更哥的內褲裡了！）」

然後極其刻意地檢查一直很想知道的刃更晨間生理狀態時的大小。

「（哇～刃更哥的尺寸好凶猛喔……一隻手都握不住了呢。）」

超乎想像啊。

儘管萬理亞的手比較小，但刃更還是比男性的平均尺寸大很多。

「（先替澪大人想想以後該怎麼用嘴替他服務會比較好呢……）」

萬理亞用雙手仔細測量刃更的粗度與長度，並深深刻入記憶之中。

不曉得拿個特粗的香蕉說：「考慮到營養價值，水果還是連皮一起吃比較好。」能不能騙過她。總之下次去附近的超市時找個跟這同樣大小，澪又願意含下去的東西試試看好了。

在心中立誓非這麼做不可後——

……那麼，謎底已經解開了……現在該怎麼做呢。

萬理亞是夢魔，而現在是這樣的姿勢、這樣的狀況。

只要她有心，讓刃更射出來也不是問題。

一想到這個事實，萬理亞的夢魔本能就開始作祟，翹首張望了。

「…………………………」

萬理亞的手默默爬過刃更下體，將只是平貼的手握了起來，慢慢地上下套弄。

Zzzz

接著——

「……——嗯……唔………」

只見刃更的鼻息立即發生變化，而且萬理亞手中出現更大的變化——刃更的東西變得更粗大了。

「……刃更哥好猛喔……興奮成這樣……」

透過手掌，能感到刃更脹得粗硬火燙還陣陣脈動——使得夢魔萬理亞甚為亢奮，手部動作不自覺地激動起來。

漸漸地，萬理亞手中「咕啾咕啾」地響起淫褻的水聲。

來自於男性興奮時分泌的前列腺液。

……就讓他直接射出來吧。

沒錯，當作刃更夢遺就行。不，乾脆就——

……用嘴幫他弄出來算了。

這樣可以完全湮滅證據，不弄髒刃更的陽物和內褲。

於是萬理亞順從自己的夢魔本能——

「————」

卻又臨時作罷。

或許就這麼弄到最後，刃更也不會發現。

就算發現了，人好的刃更也多半會原諒萬理亞。

因為夢魔天生就是這樣的生物。

……可是。

做到那個地步，已經不只是惡作劇了。

至少……對萬理亞和刃更現在的關係而言。

因此——

「…………………………………」

萬理亞將手抽出刃更的內褲。

然後在被窩裡扭呀扭地，拉開刃更彈性優異的T恤下襬。

有了足夠空間後，她一頭鑽進去更向前進，全身都潛入刃更的T恤底下。

回歸原先計畫的惡作劇。

接著——

「……嗯……」

熟睡中的刃更皺起眉頭，鼻息中開始夾雜些許呻吟。

看來熟睡魔法快解除了。

……不能在這種不上不下的狀況被他發現！

在充滿刃更體溫的狹窄T恤底下匍匐前進的萬理亞加快速度。

最後——她總算看見光芒。

那就是她盼望的終點。

於是萬理亞一鼓作氣，把頭伸出眼前那光芒照耀的出口——刃更的T恤領口。

幾乎就在這一刻，刃更清醒了。

「…………………嗯？」

剛睜開的惺忪睡眼，發現了萬理亞的存在。

然後，他那隨眼睛睜大而逐漸變化的表情，讓萬理亞笑了起來。

沒錯。萬理亞想起來了。

她就是為了看這張臉，才在昨晚策劃這些事。

於是，成瀨萬理亞說出了預先準備的話。

以並非淫魔，單純以有點好色的繼妹身分堆起最棒的笑容。

「早安呀，刃更哥……天亮嘍♪」

第4章 安分不了的主從契約

第4章 安分不了的主從契約

前任魔王威爾貝特的獨生女成瀨澪，繼承了他的強大力量。

勇者一族將這樣的澪從監視對象改定為消滅對象後，刃更幾個與操使靈槍「白虎」的早瀨高志等人展開了一場死鬥。

最後刃更幾個擺平了失控的「白虎」，澪因此恢復為監視對象，「村落」對柚希抗命之事也不予追究，牽涉到澪的種種狀況也都回到原來狀況，就此底定。

柚希也返回原先的任務，繼續監視澪。

——但是，這當中有一個重大的改變。

那就是柚希也住進了東城家，和刃更幾個一起生活。

很快地。

柚希的行李都順利搬進了東城家。

這天晚餐後，大夥在客廳休息時，萬理亞語氣鄭重地說道：

「——對了，柚希姊。既然妳要開始跟我們一起住了，有件事要請妳特別注意。」

「要我特別注意？」

柚希側著首依言反問，萬理亞點點頭說：

「對，不過這件事說來話長又不太好懂，為了節省時間，我想還是讓妳親眼看看比較好。」

說完，萬理亞的手冷不防往柚希背上一推。

「啊——……」

坐在沙發上的柚希順勢往身旁的刃更倒下。

「…………呃，還好吧，柚希？」

刃更也溫柔地抱住了她。

雖不知萬理亞在想些什麼，但柚希總歸是得到一次意外與刃更親密接觸的機會。

「嗯……刃更謝謝。」

便在道謝之餘理所當然似的做出表示謝意的行動。

也就是緊抱刃更。

而刃更臉都還沒紅，有個人先為這樣的舉動慌張了起來。

那就是坐在另一張單人座沙發的澪。

「拜、拜託喔，野中！不要趁亂偷抱好不好……！」

第4章 安分不了的主從契約

澪突然跳起來大叫，而柚希對這樣的反應已經很熟悉了。

——前陣子，刃更轉入聖坂學園當天。

柚希見到五年不見的刃更就忍不住抱了上去，而澪當時幾乎就是這樣的反應。

所以——

「還不是她推我才會這樣，對我生氣做什麼。」

柚希仍抱著刃更，將問題全推給萬理亞。

「…………！」

澪隨即給出不同反應。

肩膀開始細顫。

柚希心想，這一定是在吃她的醋。

所以已經做好澪強行拉開他們倆的準備。

然而下一刻，柚希見到了不同於想像的反應。

「呀……不會吧……！哈啊……我、怎麼又……呼啊啊啊啊♥」

澪癱軟地坐到地上，淺抱自己輕微扭動起來。

「喂、喂，澪？該不會……？」

錯愕的刃更趕到澪身邊扶住她。

「萬理亞！妳突然這樣是想幹麼啊……？」

「沒有啦～只是覺得這樣說明你們現在的狀況最有效率嘛。」

萬理亞臉不紅氣不喘地說，而不明白現在是什麼狀況的柚希皺起了眉頭。

不過——

……我記得……

之前澪也像現在這樣過。

就是柚希一早就來到東城家那次。

當時——澪發現柚希和刃更一起晨浴時，也有過相同反應。當時刃更是說她「身體不舒服」。

「…………刃更，她是怎麼了？」

「這、這個……該怎麼說……」

在柚希逼問的語氣下，刃更支吾其詞。

「其實啊，刃更哥和澪大人用一種特殊的魔法結下了『主從契約』……而契約的副作用呢，就是會因為某種條件引發詛咒。」

萬理亞便替他向不知情的柚希解釋原委。

——刃更與澪締結的「主從契約」。

第4章
安分不了的主從契約

是刃更認為主從能感應彼此位置，隨信賴加深而提升戰鬥力等好處對保護澪有益而結。但成了屬下的澪一旦對主人刃更有逆反等行為而產生罪惡感時就會引發詛咒，詛咒內容將隨施放魔法時使用的法力特性改變。

他們結契約時，用的是夢魔萬理亞的魔力。

因此，澪觸發的詛咒擁有淫魔的特性──催淫。

「……………………」

聽完解釋之後，柚希一語不發地望向澪。

「嗯！……啊啊……！哈啊……不要……嗯……♥」

在催淫狀態下嬌喘的澪，散發著難以置信的豔媚。

……天啊……成瀨她……

剎那間，澪使整個客廳的氣氛變得情色不堪。

那是柚希從未見過的景象。

──澪與柚希同年，同樣是女孩子。

這樣的她現在正受到無法抵抗的快感侵襲，不住地顫抖。

柚希不禁吞口水時，萬理亞呵呵笑著說：

「別看她這樣，詛咒強烈發動起來，還是非常危險的。解決詛咒的方法，基本上只有遵守主從關係一條路……也就是主人要讓屬下屈服。」

「屈服是指……？」

「……當然，這部分也請妳繼續看下去。」

萬理亞給依言反問的柚希一個頗具深意的笑容後，紅著臉攙扶著澪的刃更出聲抗議了。

「萬、萬理亞妳等等，做給柚希看不太好吧……好歹要帶回我或澪的房間再說。」

可是——

「說什麼傻話啊，刃更哥？既然都住在同一個屋簷下了，這種事是瞞不住的啦。這時候就該拿出誠意，跟柚希姊解釋清楚才對。」

再說——

「不做到這樣，恐怕她怎麼也接受不了喔？」

「呃，或許是這樣沒錯……」

萬理亞說得理所當然，刃更臉上卻仍有難色。

「可是有心理準備就算了，現在詛咒是冷不防發動，又要做給柚希看，澪未免也太可憐了吧……」

「刃更哥還挺懂得維護女權的嘛……可是，我想你是多慮嘍？」

萬理亞在澪身邊坐下，依附耳畔說：

第④章
安分不了的主從契約

「聽好了，澪大人……」

接著不知對澪耳語了些什麼。

——柚希聽不見萬理亞說的任何一句話。

隔著澪坐在另一邊的刃更也聽不見。

只見唯一聽見萬理亞說話的澪兩眼一閉——

「……啊……那好吧……嗯嗚，就做給……野中看吧……！」

用小得快聽不見聲音答應了萬理亞的建議。

「喂、喂，澪……？」

刃更立刻擔心地叫出聲來。

「嗯！……沒關係……刃更拜託，在這裡做吧……」

澪緊抓著刃更，雙眼濕濡地懇求。

「看，澪大人都說好了。來吧，刃更哥，不要再讓澪大人受苦了，像平常那樣幫她解脫吧。」

「…………！真的沒關係嗎？」

刃更再次確認澪的意願，而她只是用力點頭。

於是——

「……………………唔！」

見到澪意志堅決，刃更也橫下心坐到她背後。

……刃更要做什麼……？

唯一不知何謂「屈服」的柚希，只能看著事情發展下去。

「咦——……？」

而下一刻，眼前發生的事使她愣愣地叫出聲來。

因為刃更——從背後揉起了澪的胸部。

催淫狀態下，刃更的手甫一觸及胸部——

「嗯嗚！——啊啊……哈啊……不要……呼啊啊啊♥」

劇烈快感就使得成瀨澪銷魂地大聲媚叫。

熱褲底下——內褲深處，下腹部火熱地怦然脈動。

刃更不想造成太大刺激，客氣地隔著衣服揉，但澪依然輕微高潮了。這樣的狀態，告訴澪一個無法掩飾的事實。

……我的胸部變得比之前更敏感了……！

第4章

安分不了的主從契約

看來感度又比之前用上楓糖漿那時更高。澪的巨乳分量大到隔著衣服揉也能看出它們變形成多麼猥褻的模樣，而如此下流的感度以及被刃更搓揉那對淫乳而嬌喘連連的模樣，如今全都暴露在柚希眼前。

「…………………！」

抬頭一看，原以為會立刻衝過來制止的柚希竟滿臉通紅地愣在原地。

表情與平時壓抑感情的冰冷氛圍簡直判若兩人。

這超乎想像的反應，也告訴了澪自己現在是多麼浪蕩。

「啊……呀啊……嗯、呼……啊啊！……哈啊啊！」

澪一時羞得發慌，全身猛一發顫。

儘管如此，澪依然將自己的淫相暴露在柚希面前。

——因為萬理亞是這樣說的。

讓柚希看看她對刃更屈服的樣子，會是一個很好的牽制。

澪見到刃更和柚希靠那麼近，心裡就變得變得烏煙瘴氣，醋意怎麼壓也壓不住。多半是契約將這認為是對主人不敬，使得催淫詛咒發動了。既然已經發動，澪就非得向刃更屈服不可，她也想避免這種羞死人的事，但是——

……比起我自己……

柚希更不想見到澪必須讓刃更做這種事吧。

——柚希總會在意想不到之處特別大膽。

一旦同居生活開始，她必然會千方百計與刃更親密接觸。只要讓柚希知道這會觸發澪身上主從契約的詛咒，而唯一解法是刃更用快感屈服澪，那麼她應該就不敢輕舉妄動了。

澪就是聽了萬理亞這麼說，才願意讓柚希目睹她屈服於刃更的過程。

……沒錯……都是為了這個……！

既然要阻止柚希，表露出更狂亂的模樣或許會更有效。

於是澪更進一步地徜身於快感之中。

為肉慾狂亂，並不是什麼困難的事。

只要回想刃更對她大肆塗抹楓糖漿那時的事，那劇烈快感和高潮的記憶便一口氣全湧入腦海。

「！————……」

覺得危險時已經太遲。原只想稍微回想一下，但當時記憶和現在的感覺一連上線，就立刻在澪的體內鮮明地完全重現。

「呀啊————呼啊啊啊啊啊啊啊啊啊♥」

澪的瞳眸頓時渙散，直線墜入快感的漩渦裡。

第④章
安分不了的主從契約

所以接下來的澪，完全就只有痴狂而已。雙腿不自覺地敞開，腰臀也放縱地愈抬愈高，使澪飄盪在半空之中。

「啊嗯！……呼啊、嗯……哥哥♥呀啊……啊啊、哈啊……哥哥♥」

被刃更揉著胸的澪任憑快感耍弄般大膽地扭腰擺臀。

澪的猥褻蜜液也因這淫蕩的動作甩出褲襠，搔弄著大腿內側流下來。

揉胸所造成的快感幸福得嚇人……讓澪更想讓柚希好好看清自己這副模樣。

如同刃更是柚希重要的青梅竹馬一樣。

對澪而言，刃更也是重要的家人、哥哥——也是至高無上的主人。

不久——

「…………………………」

曾幾何時，柚希已完全癱坐在地，這呆樣讓澪有種莫名的優越感。

「呵呵呵，澪大人表情好淫蕩喔……我全都幫您拍下來喔。」

萬理亞還笑嘻嘻地拿著攝影機到處拍，而澪絲毫不以為意。

身為屬下的她只是在向主人刃更表示屈服而已，一點問題也沒有。

一點也不奇怪。接著——

「…………開始嘍，澪。」

刃更的低聲宣告，預言了即將降臨在澪身上的甜美結尾。

「！……嗯……拜託了，哥哥……！」

澪回頭頷首的那一刻，揉捏雙乳的手忽然使勁掐抓。

「——————」

剎那間，成瀨澪全身猛然一跳，向後翻仰。

在這個隔著衣服抓揉，被柚希注視，萬理亞全程拍攝的狀況下。

成瀨澪以高潮的方式向東城刃更屈服了。

——最後。

「……嗯……啊……哈啊……啊啊……♥」

劇烈高潮的餘韻使恍惚繚繞不去，澪癱在沙發尚無法動彈。

「——總之就是這樣。主從契約的詛咒發動以後，就必須讓刃更哥用快感屈服才能解脫。雖然下流，可是以未來的戰鬥來看，刃更哥和澪大人的這個主從契約目前是不可或缺，希望妳能體諒。」

「…………………………」

第4章
安分不了的主從契約

柚希依然癱坐在地，聽著萬理亞笑嘻嘻地這麼說。

一句話也說不出來，是因為屈服於刃更的澪超乎想像地煽情。

見狀，萬理亞站到柚希身邊低下頭說：

「哎呀～柚希姊，其實妳也很難接受這種狀況吧？畢竟都好不容易和刃更哥住在一個屋簷下了，自己卻只能含著手指在旁邊看嘛。」

說到這裡，年幼的夢魔淺淺一笑。

「所、以、啦，我給妳一個小小的建議……有興趣的話，要不要在下次滿月也和刃更哥結主從契約呀？」

「喂、喂！妳亂說什麼啊，萬理亞！」

刃更立刻出聲抗議。

可是萬理亞裝作完全沒聽見，又說：

「只要柚希姊和刃更哥結下主從契約，無論對戰力或戰略都有幫助……而且妳們會成為共事一主的屬下，詛咒不會因為吃醋就發動，以免拖累主人。如果澪大人的詛咒不會因為妳而發動，別說她自己，刃更哥的負擔也會減少很多。」

「…………………………」

萬理亞這番話，十足有側耳聆聽的價值。

接著，萬理亞的唇還湊到柚希耳邊——

「更重要的是，這樣可以填補澪大人因此得到的感情優勢喔？到時候，妳就能更積極地和刃更哥增進感情了。這樣對妳和澪大人是誰比較有利，就用不著我來說了吧……怎麼樣啊，柚希姊？」

和先前對澪所做的一樣，輕聲鼓吹。

——那是最能打動柚希的廣告詞。

所以柚希沒有任何猶豫。

只要能多少幫助到刃更——而且不落後於澪。

那麼答案從一開始就已確定。

於是野中柚希對萬理亞點一個頭。

語氣堅定地說：

「——知道了，我也要和刃更結主從契約。」

第5章 野中胡桃的性教育指導

——東城家客廳迴盪著愉悅的媚叫。

來源有兩處。

一處是播放刃更處理澪和柚希時的影片的液晶電視。

另一處——

「嗯……呀、啊啊啊……刃更……！——呼啊啊啊啊啊啊啊啊♥」

是正因激烈愛撫而達到高潮的胡桃。

在胡桃開始借宿東城家之後，萬理亞都會趁刃更、柚希與澪三人上學時，用影片和實技「調教」她。

所以現在胡桃是以只穿內褲的豔姿，讓萬理亞從後擁抱般抓揉雙乳，並舔舐著全身最敏感的腋下。

——沒錯，刃更不在這裡。

萬理亞要求她，當自己是在跟刃更親熱。

為快速開發性感帶，胡桃接受了夢魔的洗禮，現在的感度與催淫詛咒發動時的柚希她們幾乎同等。

「啊……哈啊、嗯嗚……呼、嗚……♥」

激烈高潮的餘韻，使胡桃口中洩出因肉慾而升溫的愉悅喘息。

「這是第三次了……呵呵，進步很多喔，胡桃。」

從後舔舐腋下的萬理亞退開舌頭，在胡桃耳邊以撩人語氣低語：

「來，妳自己看……內褲都濕成這樣嘍。」

「啊……不要……不要說出來啦……討厭……！」

胡桃面紅耳赤吐出無力的抗拒之詞。之前都裝作沒看見的她經萬理亞刻意點出之後再也無法忽視，以滿盈快感的濕濡雙眼望向自己的下腹。只見內褲的股間部分完全被她分泌的淫蜜浸透而緊貼肌膚，清楚勾勒出她最羞人的部位。

而超過纖維所能吸收的淫蜜則從開口處四處溢流，使胡桃鼠蹊部淫光滿布。

「啊……啊啊……！」

胡桃見到自己變成這樣，心中不禁羞恥急漲，洩出無力的叫聲。

看她這副德性——

「放心啦……澪大人跟柚希姊每次被刃更哥弄的時候，都濕得更厲害呢。」

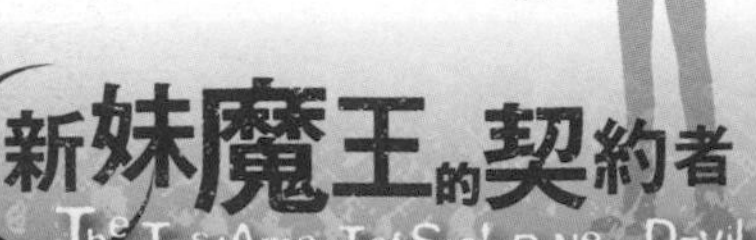

第⑤章
野中胡桃的性教育指導

所以——

「胡桃啊……要變得更淫蕩喔。」

「………嗯！這樣……真的就能追上姊姊她們嗎……？」

被久久不退的高潮餘韻浸濕雙眼的胡桃問。

——胡桃讓萬理亞對她做這種淫行，是有理由的。

那就是以不結主從契約的狀態，追上以催淫特性與刃更結下契約的柚希和澪。

在晚間的車站解救遇襲的刃更後。

胡桃也來到東城家，知曉了柚希和澪都和刃更結下主從契約的事。

也知道過程淫褻得無法置信。

儘管一時難以接受卻依然認同，是因為明白刃更他們這麼做都是為了度過絕境——為求生存別無他法這麼一個明確的事實。

而且契約並不是在無視兩人意願的情況下強行結成。

雖然發生了些小意外，現在澪也已經接受了這樣的關係，連柚希也在萬理亞的建議下自願締結主從契約。

……姊姊……

胡桃心裡想著應該和刃更與澪都待在學校裡的柚希。

柚希從以前就把刃更當家人看——不，甚至寄予了超過家人的感情。當時比他們小上幾歲的胡桃，不像柚希那樣了解那就是戀愛。

……可是。

現在她懂了。

胡桃也將刃更視為親哥哥，並對他懷有更進一步的情感。即使她仍不知這句話其實意味著什麼，仍知道自己的確是愛著刃更。

——從前「村落」放逐刃更的決定，也改變了他們的關係。

但現在，柚希似乎已經和刃更恢復往日青梅竹馬的距離。

所以胡桃心想，來到東城家以後自己也能那樣。

然而她錯了。現在柚希和刃更的關係除了兒時玩伴外，還多了主從契約這強力的連結，且與澪和萬理亞一起日益加深。

胡桃並不像柚希那樣有不想輸給澪的競爭心理。

問題不在於輸贏。

作妹妹的她，從小就跟著兩人到處跑。

單純是因為想跟他們在一起而已。

想和刃更和柚希在一起，做一樣的事。

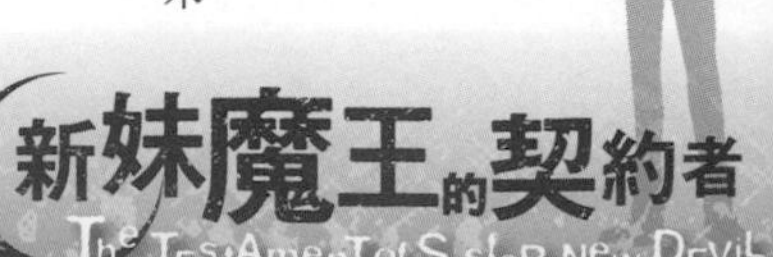

第⑤章
野中胡桃的性教育指導

不想被他們拋下。

所以總是拚命跟緊他們。

……可是。

現在，胡桃再一次被刃更他們拋下。

她再也不想嘗到只有自己被冷落的滋味。

不想再孤單了。

所以現在，胡桃要追上柚希和澪。

為了刃更恢復以前那樣兒時玩伴，緊跟在他們身旁的關係。

而自願協助她完成願望的蘿莉色夢魔笑著說：

「當然追得上。每次高潮的快感刻劃在身體裡，就會讓女生變得更敏感喔。」

聽好了——

「現在的妳還沒有武器，比不上胸部大的澪大人和屁股很色的柚希姊，蘿莉度也比不上我……也就是說，妳的活路只剩下靠敏感度贏過我們而已！」

「…………我的活路就只有這條而已啊。」

萬理亞愈說愈激動，將胡桃拉回悲哀的現實，頹喪地這麼說。

「唔～態度這麼反抗……胡桃，注意力下降嘍。」

萬理亞不悅地噘起了嘴。

「看這情況……妳需要一點性教育指導。」

接著雙眼放光，伸手就想脫胡桃的內褲這最後一道城牆。

「呃，妳幹什麼！不是說好不需要脫內褲的嗎……」

「對呀，可是我沒說過到最後都不用脫呀。抵抗也沒用，快給我老實一點，為自己淫相畢露的恥辱發抖吧！」

兩人接下來為內褲展開一場激烈的攻防戰，而胡桃轉眼就被萬理亞所壓制，悽慘落敗。

於是再一次地，東城家客廳又迴盪起兩種愉悅的媚叫。

一是來自播放刃更處理澪和柚希時的影片的液晶電視。

另一個——則是來自努力追隨心愛之人背影的勇者少女。

第5章 野中胡桃的性教育指導

即使知道自己的存在會造成困擾。

但還是希望能繼續活下去——在你的身邊。

第6章 關於東城刃更最近成為女性話題的大小事

1

運動會再過幾天就要開幕的某日放學後。

成瀨澪和野中柚希在教室聽到一件無法忽視的事。

「那個……對不起，可以先等一下嗎？」

說完，澪便伸手要告訴她這件事的相川志保稍候，不敢置信地甩甩頭。

對了……還有可能是自己聽錯。

於是澪往鄰座的柚希送了個無言的眼神。

「…………………………」

只見柚希也一語不發地和她四目相對，點了個頭。

澪也點點頭，和柚希取得共識後——

「久等了……可以請妳再說一次嗎？」

第6章
關於東城刃更最近成為女性話題的大小事

「哎喲，就是說……最近常聽到有人說，東城他很有女人緣。」

「…………」

「…………」

「呃……妳們沒事吧？」

澪和柚希不禁無語的樣子似乎讓坐相川隔壁的榊千佳看不下去，關心起她們的狀況。

「咦？我完全沒事呀？討厭啦，幹麼那麼緊張的樣子啊？」

澪搖手笑著這麼說，而身旁——

「……………………………………………………」

柚希放射出長到不行的沉默。

她平常本來就話少又沒什麼表情，一般而言這還滿普通的才對。

但感覺上，她的沉默較平時重了一點……應該是錯覺或誤會吧。

……沒錯。

最近一連幾天，大家為準備運動會忙得不可開交，日前晚間還發生刃更在車站被不知何人所操縱的普通人襲擊的事。

雖然胡桃趕來幫忙，有驚無險地化解了危機，澪她們卻也因此加強對周遭的警戒。

……對，我們一定是緊繃得太累了。

所以這根本就沒什麼好擔心的。真的真的。

「是喔～妳沒事啊……那我不用再說下去也沒關係吧？」

「咦……不、不曉得耶～？不過既然都提到了，我是覺得再多聽一點點也沒關係啦。是吧？」

相川的話，使澪如此對身旁的柚希徵求同意。

「…………………………………………我也要。」

柚希總算開口，語氣顯然比平時還要冰冷。

「————————」

榊見狀都縮了一些。

「哈哈哈，班長眼睛太認真了吧～」

相川則是咯咯笑著這麼說。

然後收起戲謔的笑容——

「——那麼，話題回到最近的道瓊指數……」

「什麼時候變經濟話題了？我們是在講刃更開始有女人緣的事吧！」

「奇～怪～是這樣的嗎？剛才不是在聊外匯市場低迷，未來也要繼續管住全球股災的動向嗎？」

第6章
關於東城刃更最近成為女性話題的大小事

「完全不是好嗎！而且不是管住，是關注啦！」

相川的樣子整個就是把電視上聽來的詞隨口拿出來說，讓澪從椅子上跳起來吐槽。

「志、志保妳差不多一點啦……成瀨她們很可憐耶。」

「咦～？我看妳是想說很好玩吧——」

說到這裡，相川終於注意到某件事。

「…………………………………………………………」

「…………………………………………………………」

被她們死盯著看，即使是相川也笑不出來了。

「這、這個嘛……」

「——可以……繼續說下去嗎？」

「沒、沒問題～」

面對澪笑咪咪的臉，相川吞吞口水點頭回答。

澪和柚希就麼聽相川說明事情經過。

「——原因是來自我和柚希開始跟刃更同居？」

大概是說著說著就沒那麼怕了，相川回答澪說：

「就是這樣。成瀨同學妳跟班長呢，不是在學校都有一大堆狂熱粉絲，還被他們稱為

『公主』嗎？」

所以——

「有人開始在傳，說妳們兩個在搶第二學期轉學過來的東城。而這也讓他不只是班上男生的公敵，已經變成全校男生的公敵了吧？」

「這個嘛……大概吧。」

還記得刃更剛轉來那天，就被久別多年的柚希公然擁抱——澪衝上去把他們分開，同居的事才曝了光。

現在刃更已經能和班上男同學正常說話，最近還因為加入運動會執行委員會，能和不同班級，甚至不同學年的人交流。

——可是剛轉來那時，他跟瀧川以外的人幾乎說不上話。

還遭到三年級的堂上等澪派男學生，與穗積等柚希派男學生的仇視。

更糟的是，在勇者一族將澪改定為消滅對象，派出刃更的兒時玩伴，獲賜靈槍「白虎」的早瀨高志，在雙方發生衝突後，連柚希也開始和刃更同居，此舉惹來了更多澪派支持者的反感。

……再來就是……

而澪和柚希也多少有注意到這件事。

第6章 關於東城刃更最近成為女性話題的大小事

日前，堂上在運動會執行委員會上胡鬧，刃更看不下去而將他制服的事，澪仍記憶猶新。

事態會演變成那樣，不僅是堂上人格的問題，說不定他是因為澪的事而對刃更懷有強烈的嫉妒。

不過——

「…………我知道部分男生很討厭刃更。」

柚希語氣平淡地說。

「可是我不懂這跟女人緣有什麼關係。」

「拜託喔……妳們兩個跟東城同學的事不是傳遍全校了嗎？」

榊回答柚希的疑問。

「所以東城同學被很多男生敵視的同時，也被女生關注了啦。」

「就算是這樣，他之前也沒被女生當作特別對象來看喔？畢竟我們學校的女生沒人猛到敢跟妳以及班長搶嘛。」

可是啊——

「東城他不是把運動會執行委員會的工作做得很俐落，還去幫學生會那些核心成員的忙嗎？所以執行委員會的其他女生，就開始偷偷在說東城很不錯了。」

「這、這樣啊……」

聽了相川的解釋，澪顯得很驚訝。

的確，刃更做起執行委員會的事是迅速確實，在澪和柚希眼中都帥氣極了，但沒想過竟然會博得其他女生的好感。

「在這種狀況下，前幾天他不是又教訓了堂上學長嗎？所以東城的股價一下子就漲起來了。」

於是——

「東城對執行委員會女生的魅力，也因此擴散到普通女生那裡去了。不只是我們這些一年級，連二年級甚至三年級的學妹都在誇他喔？」

「……………還有這種事。」

柚希面色嚴肅地低語。

「還有就是，保健室的長谷川老師也很喜歡東城的樣子。」

「長谷川老師？哈哈哈，不會吧……實在不太可能。」

澪不禁苦笑。

「又不是連續劇，老師不太可能倒追學生吧。」

「不過男老師偷偷和女學生交往，等畢業以後開誠布公然後結婚的案例也很多。那麼女

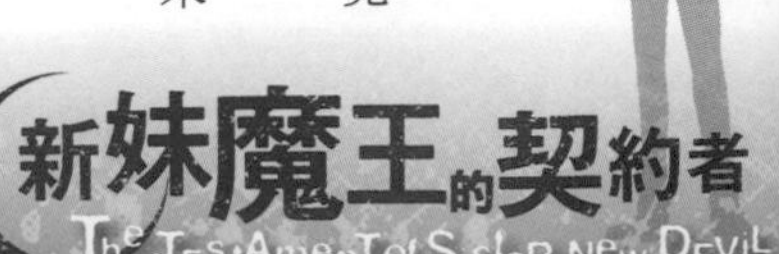

老師和男學生交往也沒什麼好奇怪的吧？」

「這、這個嘛……或許是這樣沒錯。」

對於相川就事論事的反駁，澪也只能這麼說。

2

「——錯了，這其實很有可能喔，澪大人！」

回到家以後，澪在客廳向萬理亞說出相川講的那些事，沙發上的她便靠過來這麼說。

和澪一起回家的刃更和柚希一起出門買晚餐的菜，都不在家。

原本添購日用品這類雜務，都是萬理亞趁他們上學時解決，但佐基爾綁架她母親雪菈後，萬理亞不得不聽從他的命令。

儘管最後問題因擊敗佐基爾而解決，但這件事在萬理亞所屬的穩健派造成問題，萬理亞收到暫時在東城家閉門思過的命令。

當然，他們都是高中生，一個人去買晚餐材料也不會有問題。

……可是。

在逮到是誰在車站襲擊刃更之前，為安全起見，要暫時避免單獨行動。

而今天，輪到柚希陪刃更買菜了。

在他們出門後的東城家——

「呃，可是……長谷川老師耶，不太可能吧？」

澪怎麼想都不認為會有那種事。

刃更的確是很帥氣沒錯。

澪和柚希都能舉雙手贊同。

但了解這件事的，只有澪和柚希這些熟識刃更的人……假如範圍擴大到運動會執行委員會等特殊場合與他認識的女生，也還算可以理解。

儘管如此，澪和柚希並沒有因為嫉妒而觸發主從契約的詛咒，進而陷入催淫狀態。

——沒錯，她們不只是和刃更同居而已。

她們與刃更結下了主從關係，且儘管迫於無奈，為提升戰鬥力而向他屈服時，還做了很多難以置信的淫行。

經過佐基爾事件後，澪和柚希都總算和刃更接吻了。

當然他們並沒有因此進入男女朋友的戀愛關係……不過澪感覺到，之前不得已而締結主從契約那時相比，他們的關係開始夾雜了一些不同的意義。

第6章 關於東城刃更最近成為女性話題的大小事

事到如今，澪也發現自己對刃更抱有好感，只是表現得沒柚希那麼直接而已。

因此日前她才會和柚希一起扮母狗，努力參與那種平時想都不敢想的玩法。

……只是。

得知那都被胡桃看見時，心裡還是受到了不小的打擊。

不至於嫉妒，是因為她認為自己與刃更的感情深度比他人領先一大截。

而澪和柚希都是刃更的屬下，彼此嫉妒不會觸發詛咒而陷入催淫狀態，拖累刃更。

……要嫉妒的話……

第一個想到的是萬理亞和胡桃。

無論澪或柚希，見到她們與刃更過度親暱時，心裡也是波濤難平。

最近萬理亞有時會故意黏著刃更給澪和柚希看，誘發她們的催淫狀態。

當然，澪和柚希都知道那是故意的，不會陷入非要刃更幫忙消解的強烈催淫狀態，但體內仍會不住發燙。

對萬理亞都會這樣了，要是比澪更不懂得誠實面對刃更的胡桃對他有親暱動作，多半會引發相當強烈的詛咒。

——而這位胡桃，正在單獨泡澡。

目睹那場母狗遊戲後，胡桃一時激動，被萬理亞灌了迷湯而接受夢魔的洗禮，陷入強烈催淫狀態。在刃更和柚希交攻之下，酣暢淋漓地屈服了。

此後萬理亞就像是抓住了她的把柄一樣……每當澪幾個出門上學以後，就會以各種方式猥褻她。

需要脫光衣服又隱蔽的浴室，就是猥褻她的最佳地點。

所以她八成是想趁萬理亞和澪討論刃更的這段時間，享受一段悠哉的泡澡時光。

……應該沒事吧。

要是真的不情願就糟了，所以他們曾請柚希找時間確認胡桃的想法，發現她是從萬理亞那聽說澪和柚希都已經是那種關係，於是在競爭心理的驅使下接受了萬理亞的猥褻。

所以目前的問題，就只有刃更的魅力擴及到長谷川這件事而已。

澪和柚希的確都喜歡刃更。

胡桃多半也有同樣的感情，而萬理亞或許和她們略有不同，卻也將刃更視為異性，抱有好感。

不過，那純粹是因為她們將刃更視為年紀相近的異性才會那樣。

「長谷川老師那麼美又那麼成熟，只會把刃更當普通小孩看吧？」

「我的確是不能否定這種可能，可是，我擔心的是刃更哥那邊。」

萬理亞搖頭答覆澪的問題。

第⑥章
關於東城刃更最近成為女性話題的大小事

「聽好了，住在這個家的女性不是和刃更哥同年就是比較小。而儘管刃更哥偶爾會有失去理性的時候，但他本來就是青春期的健康男性，應該會失控得更嚴重才對，所以這樣反而奇怪。」

「可是我聽說最近性慾沒那麼強的男生變多了耶。就是所謂草食性或絕食性那種。」

「不可能是這樣。刃更哥是很凶猛的肉食性，還是吃再多也不會膩的那種。我這個淫魔跟您掛保證，絕對不會錯！」

「好討厭這種保證……」

「總而言之，要是這樣的刃更哥在刻意壓制男性慾望，那一定有他的理由……雖然生為勇者一族的他從小就從嚴格訓練撐過來，或許比較懂得怎麼壓抑那種慾望，但也有可能完全不是這樣。」

「不是這樣……？」

「刃更哥現在和我們同居，還跟澪大人和柚希姊結了主從契約，並且在我這夢魔孜孜不倦的努力下，過著女性裸體和色情行為都不缺的生活。也就是說，他正處在一個容易對同年以下的女生免疫的環境。」

然而——

「對刃更哥來說，成熟嫵媚的女性反而新鮮。很容易被她的韻味迷住，一恍神就被她牽走了。」

「呃，可是長谷川老師也是在車站襲擊刃更的嫌犯之一耶？」

「就是因為她是嫌犯，所以可能在操縱普通人攻擊失敗之後改變方向，直接對刃更哥出手。」

「跟我們說長谷川老師有嫌疑的就是刃更自己，怎麼還會上鉤——」

「澪大人……對嫌犯的戒心和刃更哥的免疫力是不能相提並論的兩件事啊。再說——這個長谷川老師還說不定技術超強，有辦法硬是把刃更哥弄到沒有她不行，變成她的囊中物呢。」

「不會吧……再怎麼樣也不會變成那樣才對。」

「喔？您跟刃更哥結主從契約時都發生了那樣的事，現在還敢這麼肯定嗎？」

請您回想一下——

「當時澪大人您不也是沒想到自己會得到那麼強烈的快感，甚至身心都以那種樣子向刃更哥屈服嗎？」

「這、這個……」

萬理亞說得沒錯，使澪不禁臉紅。

「可是……那也是因為主從契約的詛咒讓我陷入催淫狀態才會那樣吧。」

「對，的確是這樣。可是催淫效果這種事，除了用夢魔的魔力特性結主從契約以外其實還多得是，像『魅惑』魔法就是一種。況且在這個世界，不是有很多女性神祇或惡魔勾引男性的傳說故事嗎？」

「……所以妳說長谷川老師就是那種？」

「我不敢肯定，只是說有這種可能而已。畢竟說保健室老師長谷川有嫌疑的人是刃更哥自己。」

所以——

「從某個角度看，刃更哥很可能在那之前就已經在注意長谷川老師了。在這種狀況下，要是被她強行施加催淫狀態，用成熟女性的魅力迷得神魂顛倒，刃更哥真的受得了嗎？」

「……………………………………」

澪並不想將萬理亞的話照單全收，可是她也見過曾為佐基爾屬下的女性魔族潔絲特有多麼美。

據了解，她並沒有遭到佐基爾的毒手，依然保持純潔之身。但無論怎麼看，那副身材都是為了取悅男性而造。

——澪相信刃更的為人。

但現在他們之中，刃更成為敵人目標的可能最大也是事實。

那麼身為家人，身為與他結下主從契約的屬下，自然得想個方法保護他才行。

因此——

「…………………現在該怎麼做？」

澪一詢問做法，萬理亞就胸有成竹地往胸口一敲。

「包在我身上……我早就防範未然，準備了一個『好東西』！」

3

「…………真是的，在吵什麼啊。」

萬理亞發自客廳的自信宣言，讓正在浴室洗頭的胡桃無奈嘆息。

那個愛動歪腦筋的蘿莉色夢魔想到的肯定不是好事。

……幸好我今天提早洗澡。

聽說澪和柚希與刃更結下主從契約，讓他以淫行使她們屈服，再加上萬理亞以當時的錄影為證，胡桃才希望能追過她們而一連好幾天都接受萬理亞的猥褻，但她也不是萬理亞說什麼就聽什麼。

第 6 章
關於東城刃更最近成為女性話題的大小事

那個蘿莉色夢魔一定也曾像這樣，用她的三寸不爛之舌慫恿刃更他們，製造各種必須進行猥褻行為的狀況。

雖然說起來實在很扯，可是不結主從契約恐怕就過不了至今的重重危機也是事實，而且為防範今後更強大的敵人而趁早加深主從感情以提升戰鬥力的想法其實並沒有錯。

再怎麼說，事情都關係到他們的性命。

因此當萬理亞請胡桃協助時，儘管有所排斥，她也無法斷然拒絕。

總不能讓姊姊柚希和從小一起長大的刃更喪命。

……而且。

即使只同居短短幾天，胡桃也了解到澪雖是前任魔王的獨生女，但她並不會為這個世界帶來嚴重災害。

……就是個普通的女生呢。

一個開朗可愛，活潑又溫柔的女生。

這就是胡桃認識澪之後對她的印象。

假如是以一般方式認識，應該很快就玩開了。

——對萬理亞來說也是如此。

儘管希望她可以不要再做那些猥褻的事，可是刃更會想保護澪和萬理亞，一定是從她們身上看見了某些值得保護的東西。

胡桃就是明白這點，才會不惜違抗勇者一族的使命，反過來協助刃更對抗高志。

……再說。

開始同居之後，澪在各方面都很照顧胡桃。

胡桃身為勇者一族，無法對前任魔王的女兒放鬆警戒，而澪卻不斷與她對話，嘗試縮短距離。

至於胡桃這邊……目前總是愛理不理。

……可是。

她也知道自己這樣的態度經常把東城家氣氛鬧僵。

柚希說過，刃更是想保護他重視的事物，而胡桃也無非是想保護刃更和柚希所重視的事物。

但現在她所製造的氣氛卻與心思相反……甚至造成反效果。

「…………我也不能老是這樣逞強呢。」

胡桃如此低喃，沖去洗髮精泡沫。

然後一邊在頭髮上慢慢抹護髮乳，一邊思考。

萬理亞總是以半強迫的方式來襲，但胡桃還是跟她變得很親密。這麼說來，對總是很關

第6章

關於東城刃更最近成為女性話題的大小事

心胡桃的澪一直冷淡下去，有點不仁不義。

當然，「村落」的命令是絕對的，胡桃也沒有違抗的意思。

只是——

「差不多該和她正常相處了吧……晚點跟姊姊或刃更商量看看好了。」

為了化解和澪之間的芥蒂，需要找個中間人才行。

「嗯。」一個點頭後，胡桃趁護髮乳滋養頭髮的這段時間清洗身體。在毛巾上擠點沐浴乳搓出泡沫，要將全身每個角落都洗得乾乾淨淨。

就在這時——胡桃忽然心跳加速，全身開始發燙。

「是怎樣……泡太久、了嗎……？」

早點出去或許比較好。

於是胡桃要將護髮乳和沐浴乳的泡泡一起沖去，手上的蓮蓬頭卻掉了。

暗叫糟糕而伸手拾取之際——

「奇、怪……？」

眼前忽然一陣天旋地轉，人躺在了浴室地上。

想爬也爬不太起來。

……怎麼辦……！

再這樣下去——就在胡桃想喊來人在客廳的澪和萬理亞時——

「………………………！」

欠人情給澪和萬理亞這兩個魔族恐怕不好的想法閃過腦海，不禁把話吞了回去。

但這樣自己說不定會有危險，不安逐漸膨脹。

『………胡桃啊，不好意思打擾妳洗澡，可以聽我說一下嗎？』

聲音是從浴室門後——更衣間傳來的。

是澪，聽起來頗為擔心。

『妳已經洗身體了嗎？萬理亞她啊……好像在浴室擺了一瓶有催淫效果的沐浴乳，想要整刃更。』

「————？」

門後的澪繼續對心裡充滿了「該不會」的胡桃說：

『對不起喔，好像是紅色那瓶……妳不會已經用了吧？』

這句話，就是胡桃現狀的原因兼元凶。

接著——

『哎呀～不好意思……一不小心就忘記告訴妳了。』

大概是被澪拎著脖子拖過來的吧，萬理亞說得好像在裝傻一樣。

第⑥章
關於東城刃更最近成為女性話題的大小事

……那隻蘿莉色夢魔喔喔喔……！

想把她一拳揍倒的衝動湧上心頭，但她現在沒那個能力。

明白自己不是泡過頭，而是陷入催淫狀態後，原本烘烤她全身的熱迅速轉換成甜美的愉悅——

「討厭……嗯嗚、哈啊……♥」

胡桃拚了命想壓住聲音，喘息卻愈發舒爽。

已經是不容辯解的地步。

澪察覺到浴室裡的胡桃似乎不太對勁。

隨後的判斷與行動都非常迅速。

「對不起喔，胡桃——我開門了。」

說完就開門查看，裡頭果然是想像中的畫面。

胡桃全身泛紅，癱軟在地。

「嗯……澪……！」

喘息般呼喊的她，眼眸已被甜美的熱完全浸潤。

以前都只會用「喂」、「妳」喊澪，聽她叫名字感覺特別高興。

但老實說，現在不是沉浸在這種感動裡的時候。

澪立刻掐住身旁蘿莉色夢魔的脖子。

「現在是要怎麼辦啦！我就知道，胡桃整個人都癱掉了啦！」

「呃啊啊啊澪大人，要摔下去了……拜、拜託您冷靜一點……！」

萬理亞猛拍澪的手表示投降，澪只好放了她。

「…………基、基本上，她只是跟主從契約的詛咒發動時一樣，陷入催淫狀態而已。讓她解脫就好了。」

「解脫個頭啦……刃更去買菜還沒回來耶！」

且由於之前在附近的超市起了一些小衝突，所以今天去車站前的超市買。就算打電話叫他回來，也得等上一段時間。

看胡桃現在這樣，恐怕等不了那麼久。

必須趕快救人，刻不容緩。

這時——

「啊，這您不用擔心。那並不是主從契約的詛咒，也不是以柚希姊的主從契約為基礎的夢魔洗禮，誰來幫她解脫都可以。」

第⑥章
關於東城刃更最近成為女性話題的大小事

「誰來都可以……妳是說……」

「對——現在就是您或我，或是兩個一起上。」

「…………好一個讓人頭痛的終極選擇。」

萬理亞的話，讓澪感到渾身無力。

可是看胡桃那樣，似乎已經沒時間讓她猶豫。

雖想讓萬理亞負起責任，可是交給這蘿莉色夢魔處理實在太危險。

……再說。

澪已經目擊了這個狀態的胡桃。

若將問題直接交給萬理亞，自己轉頭就走，以後胡桃會變成什麼樣是顯而易見。

想必以後會羞得不敢面對澪，與她更為疏離。

於公於私都必須避免這種狀況。

但默許萬理亞對胡桃的所作所為，感覺更不對。

於是——

「…………只好我自己上了吧。」

澪重嘆一聲，下定決心。

這時萬理亞說：

「就是啊，我也覺得這次讓澪大人來比較好。我已經趁你們上學的時候，和胡桃變成親密的好朋友了，您不如就趁這個機會和胡桃加深感情吧。」

「要加深感情的話，應該還有正常一點的方法吧……」

澪憤恨地這麼說，而胡桃似乎以為那是在責怪她，哭喪著臉向澪道歉。

「！……哈啊……對、對不起喔，澪……嗯嗚♥」

「啊啊，不是啦，胡桃，別在意。這全都是這個笨蛋的錯。」

澪趕緊安撫胡桃，並橫目瞪一眼。

「別這麼說嘛。如果您要我負起責任的話，我一定使命必達，賭上夢魔的尊嚴和絕技讓胡桃解脫。」

「…………………」

然後丟下縮成一團按著頭喊痛的笨蛋——

澪一掌劈在大言不慚的萬理亞腦門上。

澪慢慢脫去自己身上衣物。

見狀，萬理亞問：

「喔？……澪大人，您要在這做啊？」

「……是啊，這樣對胡桃比較好吧。」

第⑥章
關於東城刃更最近成為女性話題的大小事

當然，澪是可以將胡桃抱到客廳或自己房間處理。

但這麼一來，即使能順利幫胡桃解脫，對增進關係卻不會有幫助。

若穿著衣服且狀態正常的澪去幫助赤裸的胡桃解除催淫狀態，雙方立場是明顯不對等。

……這種情況。

與結了主從契約的刃更幫澪和柚希解脫類似。

衣物的有無將對彼此立場賦予上下關係，就像赤裸的屬下向服裝完好的主人屈服那樣。

刃更對澪她們這麼做倒還無所謂。

因為兩者之間有主從契約。

……可是。

澪可不能對胡桃做同樣的事。

因為她不是要讓胡桃屈服，而是和她增進感情。

於是澪將露肩針織連身裙掛在洗衣籃上，拉開拉鍊脫下牛仔短褲。

再稍微前傾，手彎到背後解開胸罩扣，肩帶便自然滑落，雙手輕易抽出。

……胸部又變大了。

澪站在洗手台前，看著鏡中的自己。

——與刃更締結主從契約以來，澪的身體漸漸出現變化。

八成是因為主人刃更反覆以性快感壓制夢魔催淫特性的契約詛咒，導致女性賀爾蒙和生長激素異常分泌所致。腰身到臀部的曲線，似乎變得比邂逅刃更時更妖嬈了些。

而變化更大的，則是胸部。

也許是因為刃更使澪屈服時大多集中攻擊最敏感的胸部，明顯比之前大上不少。

且變的不只是尺寸。

感度也愈來愈高，獲得的快感愈來愈強。

澪的性感帶，已經被刃更逐漸開發。

……我的身體……愈來愈淫蕩了。

看著自己的裸體，澪覺得頗為害羞……但暴露這淫蕩的軀體給胡桃看，胡桃就不會一個人丟臉了。

「…………………」

所以澪脫去內褲，毅然踏進浴室。

「…………………！」

躺在地上，處於催淫狀態的胡桃惶恐地抬望過來。

……當然了。

胡桃來到東城家那晚就接受了夢魔的洗禮，當時是請刃更和柚希這兩個她最熟識的人幫

她解脫。

而澪則是胡桃最疏遠的人。

因此——

……說不定還不夠。

就這樣讓她解脫，胡桃恐怕仍會引以為恥而封閉心靈。

所以澪要尋找不會造成這種結果的解法，而找到的是——

「————」

澪拿起紅色的沐浴乳瓶，狠下心來開蓋倒在手中，往身上抹。

分量比平時洗澡時多出一倍。

肯定比胡桃用得還要多。

「…………………澪？」

胡桃驚訝得睜圓了眼。

「這樣的話，我也跟妳一樣狀況，妳就不會那麼害羞了吧。而且需要幫忙的不是只有妳一個，我也需要有人來幫我……嗯嗚♥」

說話時，萬理亞的沐浴乳已透過肌膚沁入體內，轉眼就使澪陷入催淫狀態。儘管如此，還是比主從契約的詛咒強烈發動時弱多了。

……沒問題。

這樣的刺激還不至於妨礙她幫胡桃解脫。

這時，胡桃似乎是明白了澪的用意——

「……澪……」

她呼喚起澪，淚水一顆顆地流……於是澪在胡桃身邊坐下，溫柔地以擁抱安撫她。

然後，湊到耳邊低語。

展示著自己的羞怯——

「…………我不想讓妳欠我人情，所以妳也要幫我喔。」

4

當澪為了幫胡桃解脫而實際獻身相助時。

外出購物的刃更也遇上必須屈服柚希的狀況。

發生在站前的超市。

傍晚時分的大特價就快開始，店裡到處都是以主婦為主的顧客。

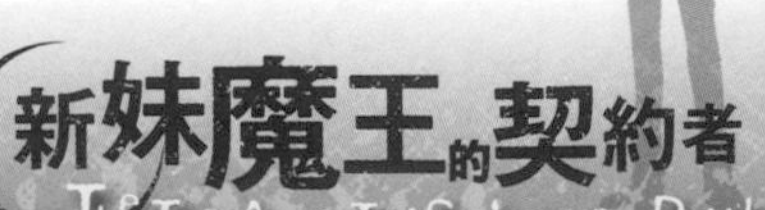

第⑥章 關於東城刃更最近成為女性話題的大小事

「！……怎麼了，柚希……？」

「…………嗯、哈啊……！……還行……」

刃更從旁摟腰攙扶並詢問狀況，觸發主從契約的詛咒而陷入催淫狀態的柚希面泛潮紅，鬱悶地喘著氣點頭。

隔著衣服所觸摸到的身體，比平時柔軟了些。

這是催淫狀態使柚希的身體完全虛脫所導致。

……可惡！怎麼會突然這樣……？

刃更不懂柚希怎會如此，腦裡一團混亂。

——柚希觸發主從契約詛咒的頻率，比澪低很多。

詛咒是只有屬下背叛主人等對主人有罪惡感時才會發動，而發生這種狀況的基本上都是澪。

澪是個心地善良的好女孩，但在刃更面前很容易有些不坦率的舉動。她就是對自己這樣的態度感到內疚，才會引發詛咒。

另一方面，總是直接對刃更示愛的柚希幾乎對刃更沒有任何罪惡感，鮮少陷入詛咒的催淫狀態。

當然，主從契約的詛咒也可能被別的情緒觸發。

例如嫉妒。

懷疑主人花心的想法，是來自對主人的不信賴。

重視主人卻又抱持懷疑……如此負面情感所攪成的罪惡感特別強勁濃烈，就某方面而言等於是對主人最大的背叛。

既然柚希對刃更幾乎不會有背叛等負面情緒，那麼詛咒發動的原因多半就是嫉妒了。

……可是，那又是為什麼？

刃更還是想不通。

如果是萬理亞跟刃更出門購物，柚希留下來看家而發生這種事，那還容易理解。過去就發生過萬理亞故意與刃更親密接觸給柚希看，導致她吃醋而引發詛咒的事。

原本她最容易嫉妒的對象是澪，不過嫉妒澪並不會引發詛咒。

由於屬下彼此嫉妒而引發詛咒會對主人造成額外負擔，所以屬下之間的嫉妒不會引發詛咒。

至於胡桃那邊，或許是因為被她看見母狗遊戲之後順勢和刃更一起屈服了她，藉此維護了姊姊的尊嚴，所以還能夠大大方方地面對她。

基於這些緣故，刃更和萬理亞單獨出門的狀況非常之少。

畢竟讓看家的柚希或澪產生「要是不小心讓那個蘿莉色夢魔和刃更獨處，不曉得會發生

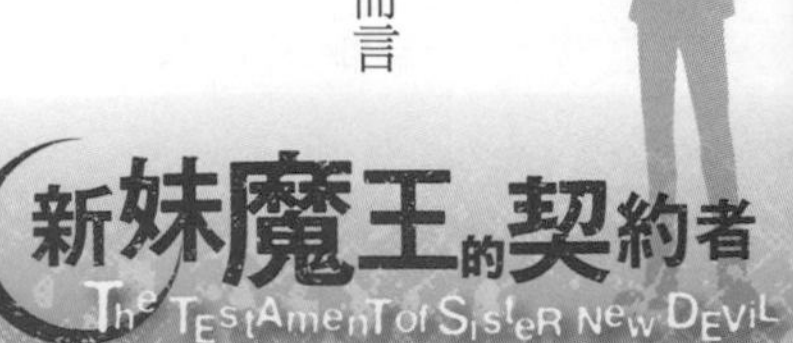

什麼事」的想法而陷入催淫狀態就糟了。

添購日用品的事全由萬理亞趁刃更幾個上學時一手包辦，不只是因為家事本來就全由她處理，一部分也是因為這個緣故。

可是，今天採買的組合是柚希和刃更。

途中刃更不曾與其他異性對話，也沒有偷瞄在店裡擦身而過的女性。

而他也不會有那種想法。

——這陣子，柚希和澪的女性魅力與日俱增。

原本就可愛到能讓學生建立粉絲俱樂部了，最近她們甚至每個不經意的舉手投足都散發著強烈的騷勁。

據萬理亞的分析，那是為了向刃更屈服而反覆進行猥褻行為所導致的變化。

……真的是傷腦筋耶。

平日都那樣了，一旦陷入催淫狀態，她們的妖媚當然是三級跳，刃更的自制力好比風中殘燭。

佐基爾事件後，將理性壓抑在臨界點已久的刃更終於完全脫韁，侵襲了澪。

從那次起，刃更愈來愈容易掙脫枷鎖。

所以他現在很容易將注意力放在與他同居的女孩上。今天購物時，柚希始終勾著他的手，身體貼著他不放，害他拚命在心中從2開始依序相加質數。

正因如此，他怎麼也不懂柚希為何會引發主從契約的詛咒。

但無論如何，她陷入催淫狀態已是事實也是現實。

所以當務之急是找個能屈服柚希的地點。

……來到車站這邊，真是不幸中的大幸。

由於先前和澪一起逛自家附近的超市時曾遇上小混混找麻煩，所以今天改逛車站附近商業大樓裡的超市。

雖然顧客變多，但這裡建築構造比較複雜，有許多不太會有人經過的地方。只要在那裡設下驅人結界就能避開他人耳目，在魔力構成的結界裡，畫面和聲音也不會被監視器錄到。

於是──

「…………好，這邊可以。」

刃更帶柚希來到的，是逃生梯的轉折平台。

……應該沒問題吧。

即使設下驅人結界使他人暫時不會使用逃生梯，也不會對周遭造成太大的困擾。

刃更面對面地環抱柚希的腰，背靠牆慢慢坐到地上。此時，詛咒的催淫效果已經使得柚希的雙眼完全濕濡。

第6章
關於東城刃更最近成為女性話題的大小事

「嗯……哈啊，拜託了，刃更……」

柚希整個人癱在刃更身上，請求他讓她屈服。

「！——……」

那嬌媚的神情，讓刃更獸慾飆漲，恨不得立刻狠狠屈服柚希，但在那之前有件事非做不可。

所以他問：

「——柚希，告訴我詛咒為什麼會發動。」

刃更是可以用激烈快感沖散她的意識，強行使柚希解脫。

可是這樣無法治本。

等她恢復意識，很容易又因嫉妒而觸發詛咒。

為避免這點，刃更需要了解她煩心的原因，讓她安心。

接著——

「……在學校，我聽相川和榊說……」

雙眼因催淫的體熱而迷濛的柚希眼神略帶怨恨地開了口。

將事情全告訴了刃更。

最近刃更很受女生歡迎，據傳保健室老師長谷川也喜歡刃更等。

刃更是第一次聽說其他女生的評價，但長谷川的好感是事實。不然也不會帶回家裡親手做菜給他吃、洗鴛鴦浴了吧。

長谷川不只用她的巨乳替刃更洗背，甚至獻上初吻……當刃更拋開理性強行索求時，長谷川也接受了刃更。雖然途中刃更似乎是因為腦充血而昏倒，但醒來以後，從長谷川的話可以窺知浴室所發生的事應該不是一場夢。

……可是。

目前長谷川仍是操縱車站普通人攻擊刃更的疑犯。

假如犯人真是長谷川，表示那樣接近刃更是另有企圖。

然而長谷川也可能是清白的，所以刃更沒將那晚的事告訴柚希她們。

長谷川是相信刃更，吐露她的煩惱以後才會那樣，刃更怎麼也不能對別人說。

所以從柚希的角度看，長谷川喜歡刃更的傳聞無非是加強她嫌疑的證詞，應該不會嫉妒她才對。

那麼能推出的可能就是——

「——我最近在女生之間很受歡迎這件事，讓妳很在意嗎？」

刃更向柚希問道。

「……………………！」

第6章
關於東城刃更最近成為女性話題的大小事

懷抱裡的柚希默默點了頭。

原因是知道了，但背後緣故還不懂。

「為什麼？妳怕我會跟其他女生……交往之類的嗎？」

無論那些連對話都沒有過的女生說了怎樣的甜言蜜語，刃更對她們的好感也絕不會強過柚希她們。他們之間應該有這點信任才對。

難道都認識那麼久了又同居，她還信不過嗎？

刃更的話隱含了這樣的疑問。

「！……因為……刃更已經不是勇者一族了……」

所以——

「如果過一般人的生活，就應該要跟一般女生交往……只要接近我和澪，就會讓你離一般男生更遠……」

柚希擠出聲音似的說。

「原來……是這樣啊。」

刃更終於了解柚希的不安與嫉妒是來自什麼了。

柚希認為和刃更相處，會將他往異常領域推。在她眼中，澪的立場與她相近，又同樣結了主從契約，可說是競爭對手。

而對她來說，真正可怕的對象，就是能帶給刃更她們所給不了的「普通日常」，生活在普通世界的平凡女高中生了。

……這樣啊……都是我不好。

刃更對現況下了這樣的結論。

——他與柚希和澪結下了會給予重負的主從契約。

好歹要設法穩住她們的心才行。

不是出於主人的義務，純粹是因為重視她們。

然而現在刃更讓柚希擔這樣的心。

恐怕是早在回家之前——在學校就一直是這樣了。

——搞不好，澪也在怕這種事。

在這之前，刃更都將盡可能減少柚希和澪的負擔視為體貼，而這麼做應該並沒有錯，但是——

……光是這樣並不夠呢。

所以——

「對不起，柚希……讓妳這麼擔心。」

刃更輕撫柚希臉頰說：

第6章
關於東城刃更最近成為女性話題的大小事

「我想讓妳知道，妳真的不用操這種心，可以嗎……就在這裡。」

刃更要的不是和連名字都不曉得的女孩共度的日常。

而是和柚希等心愛的女孩所過的每一天。

為達成目的——踏入怎樣的異常也在所不惜。

同時，他還想告訴柚希另一件事。

那就是他對柚希的心意。

刃更也始終壓抑著他的男性衝動。

在這之前，他一直都在忍耐，但知道這麼做反而會造成柚希她們的不安後，他再也不願抑制他的衝動。

對這樣的他——

「…………………………」

眼前的柚希什麼也沒說。

只是默默地用力擁抱他。

那就是柚希的回答。

於是——

「————知道了，我會徹底告訴妳。」

刃更這麼說之後，接連做了兩件事。

一是解放自己的理性，然後——緊抱柚希，粗暴地占有了她的唇。

這就是野中柚希第一次被刃更強要的情境。

激吻之中，刃更的右手隔著水手服狂揉她的左胸，左手用力掐抓她的右臀，裙褶都被他抓亂了。

那樣粗暴的愛撫造成的快感，足以讓陷入催淫狀態已久而變得相當敏感的柚希瞬間高潮。

「嗯嗚————♥」

跨坐在刃更大腿上的她，身體在接吻狀態下不受控制地亂抖。

同時，浮現於柚希頸部的項圈狀斑紋忽然消失，表示她已向刃更屈服，主從契約的詛咒消退了。

若是柚希所認識的刃更，在這裡就會停手。

可是今天的他不是平常的他。

所以好戲才剛要開始——刃更扯開柚希胸前拉鍊，扒開她的水手服。柚希並不在乎拉鍊是否損壞，只知道刃更完全放飛理性，正忘我地索求她。這讓她狂喜不已，幸福得都發起抖了。

「呼嗚……啾、哈啊……刃更♥咕啾……刃更，嗯嗚……啾♥」

柚希也立刻拋開理性，陶醉地主動索求刃更。刃更雙手探入裙中一撩，從腰後入侵內褲，肉慾盡現地到處鑽動。脆弱的屁股被他直接用力搓揉，使柚希瞬即就嘗到了第二次高潮。柚希的上身猛一後仰，戀人般激烈交纏的唇舌因而滑脫，剎那間——

「哈啊啊！呼啊啊啊啊啊啊啊啊啊啊啊啊啊啊啊——♥」

柚希高潮的淫叫響徹了只有他們倆的逃生梯。她差點因此昏厥，但仍咬住嘴唇不肯放開意識。儘管刃更正貪求著柚希，昏過去以後再怎麼樣也一定會停手。平常因為害羞，不會在高潮時硬撐著不昏過去，但現在的她想多感受刃更一點。

這時——

「————————」

刃更似乎也感到了她的心意，從對面坐姿改為背後坐姿，擁抱般從背後抓揉她的雙乳。柚希雖沒澪那麼敏感，卻也在刃更的愛撫下得到幾乎要發狂的快感。藉淫行向刃更屈服，也使得柚希的身體被開發得能夠感受到更強烈的愉悅。受刃更玩弄胸部而扭起腰，屁股也跟著在刃更大腿不停磨蹭。

如此淫蕩的自己，讓柚希亢奮得難以自持，嬌聲懇求：

「嗯……哈啊，刃更我還要……再粗魯一點……♥」

話既出口便無法收回，於是刃更將她推到樓梯牆邊，從耳後下令：

「那妳手扶在牆上……屁股對著我。」

「………嗚……嗯……♥」

那句話對現在的柚希是至高無上，立刻就照辦了。雙手撐在樓梯牆上，往背後的刃更高高翹起屁股，而那對敏感的屁股光是這樣就已經有感覺了。

「………嗯……啊啊……♥」

有沒有裙子這一塊布，就有這麼大的差別嗎……柚希吐著火熱的喘息，舒爽地扭動身體。隔著內褲就這麼舒服了——

……我……

要是內褲脫掉了，自己究竟會變成什麼樣。想像那情境，柚希就不禁吞吞口水，而刃更隨即將答案告訴了她。雙手捏著內褲褲頭，一口氣就扯到膝蓋上緣。

「呀……——啊啊啊……♥」

結下主從契約以來，在刃更的搓揉下愈發妖豔淫蕩的騷臀在無人的逃生梯暴露出來，那悖德感是那麼地羞人，可是從柚希口中叫出來的聲音愉悅得連她自己都不敢相信。而接下

來，刃更要告訴她更驚人的事。

「————開始了，柚希。」

在如此宣告的同時，柚希的雙臀被刃更大肆掐揉——

「！————～～～～～～～～～♥」

瞬時衝上第三次高潮的她，讓刃更替她實現了剛才的願望。

不顧一切進一步粗暴地蹂躪她的肥臀。

將野中柚希弄到失去意識之前，在她身心刻劃下無數高潮的鑿痕。

5

這時。

東城家浴室裡的淫行也差不多持續了一個小時。

為了讓使用萬理亞的沐浴乳而陷入催淫狀態的胡桃解脫，澪也抹上大把沐浴乳，以相同狀態共享強烈的羞恥。

澪這樣的舉動，使得原本頑固的胡桃敞開心扉……用牆上蓮蓬頭灑下適溫熱水洗去沐浴

第6章
關於東城刃更最近成為女性話題的大小事

乳泡沫，在浴室地上互相撫慰催淫狀態的彼此。

「嗯……哈啊、啾……胡桃……嗯、呼……咧嚕……啾……嗯啾♥」

「哈啊啊、嗯……呀啊……！哈啊……嗯嗚……澪、啊啊……嗯……澪……♥」

她們的做法是輪流刺激對方的弱點，高潮了就交換。所以澪專攻胡桃的腋下，胡桃專攻澪的胸部。

——起初在澪的預想中，這並不是那麼耗時的事。

萬理亞偷放催淫沐浴乳，是為了給刃更用。當刃更陷入催淫狀態，就需要澪和柚希的性服務。這不只能讓刃更的心與澪和柚希聯繫得更緊密，澪和柚希也能透過性服務加深對刃更的屈服意識，強化主從之情——萬理亞打的就是這種一石二鳥的夢魔算盤。

但刃更畢竟是男性，若催淫狀態過強以致完全喪失理智，很可能會直接侵犯澪幾個。像刃更之前第一次和澪跟萬理亞共浴時，澪就曾在萬理亞的慫恿下用胸部替刃更來場情色擦背，還跟萬理亞一起舔舐他的身體。造成他失去理性，強行壓倒她們。當時刃更大概是興奮過頭腦充血而半路昏倒才沒事，兩人告訴刃更那只是他作夢。

這樣做是因為刃更很體貼她們，即使失去理性是她們咎由自取，一旦知道自己差點強暴她們，還是會深深自責吧。

她們不希望刃更想不開，就以夢為藉口蒙混過去了。

這次萬理亞記取教訓，沐浴乳的催淫效果並不強，實際感覺上也的確比主從契約詛咒催淫效力弱。所以，澪一直以為很快就能結束。

結果澪都把胡桃的腋下舔得黏涕涕，胡桃也把澪的乳頭吸到滑溜溜了，兩人的催淫狀態還是沒有解除。

澪怎麼想都覺得不對勁，所以問了萬理亞這是怎麼回事。

「說什麼傻話啊，澪大人。這不是當然的嗎？」

蘿莉色夢魔理直氣壯地說：

「『屈服』的強度雖然跟時間無關，可是『服務』是時間愈長，服從感就愈強。所以降低沐浴乳的催淫效果以後，我就把持續時間設成好幾倍長了。降低催淫強度，快感勢必會減弱，高潮了也不會昏過去，可以慢慢地徹底服務個夠。怎麼樣，我這滴水不漏的設計很棒吧，這才是貨真價實的完美啊！」

聽她臉不紅氣不喘地說這種鬼話，讓澪頭暈的同時感到一股殺意。

現在澪和胡桃都是催淫狀態，又都有點羞怯，不敢做太激烈的攻勢，都只能讓對方輕微高潮而已，最後就陷入無間地獄般的猥褻迷宮。所幸浴室有蒸氣三溫暖功能，不會因為水冷而著涼。

……喔不。

關於東城刃更最近成為女性話題的大小事

其實本來就沒有這方面的顧慮。即使效果微弱，催淫狀態下的澪和胡桃身體仍會不由自主地熱得發燙。而現在，澪正背靠浴室牆壁，和胡桃面對面相擁。

不過現在是輪到胡桃進攻。

胡桃以對面坐姿與澪相擁，在她懷裡陶然忘我地吸吮著那鼓脹誘人的胸部尖端。然而催淫效果較平時弱上許多，使她仍顯得游刃有餘，讓刃更來時就不會有這種事。

……嗯♥呵呵……胡桃真可愛……

每當她撒嬌似的吸一口，乳房裡頭就有股快感陣陣蕩漾，隨心跳擴散至全身。懷抱著她，感覺就像真的多了個妹妹，與和萬理亞自稱姊妹的感覺很不一樣。

但儘管如此，她總不能一直這樣拖沓下去。

現在是有繼續保持現狀，等刃更和柚希回來的選項，不過──

……胡桃都要我幫忙了……

雖然這是萬理亞設的陷阱，但胡桃仍覺得用到催淫沐浴乳是自己的疏忽吧。也許是因為關係密切，胡桃不太想讓他們知道自己犯了錯。

「拜託妳在刃更和姊姊回來之前弄好……我不想讓他們、知道……」

被催淫徹底浸潤雙眼的她都這樣懇求了，沒別的選擇。儘管是不得已，在藉快感解脫這方面，澪的經驗總歸是比胡桃豐富太多，得幫她想想辦法。澪這麼想著望向天花板時──

……啊……

視線裡出現一樣東西，隱含著結束這個狀況的潛力——能給予澪所給不了的強烈快感。

「嗯……胡桃。」

「…………………？」

聽見澪的呼喚，胡桃張口放開她胸部尖端。

並以恍惚的眼神問，現在是換她進攻，澪都還沒高潮就要交換了嗎。而澪回答：

「我想試試看一個東西，那大概有機會可以幫妳解脫……可以嗎？」

「…………嗯。」

面對澪的徵詢，胡桃像個沒疑心的雛鳥呆呆點了頭。得到允准後，澪便放開胡桃站起來，取下浴室裡的某樣東西——掛在牆上的蓮蓬頭。

——過去，刃更曾在學校淋浴間讓澪強烈屈服。

澪就是要用當時的方法。拿白色浴巾綁住蓮蓬頭根部——

「胡桃……選一邊腋下把它夾住。」

「咦？是要……——」

胡桃先是一愣，隨即了解澪的意圖而嚥嚥口水。

「——放心，刃更也對我做過。」

澪害羞地紅著臉，面帶微笑地對不安注視著蓮蓬頭的胡桃說。

「…………………嗯。」

胡桃從澪手中接過蓮蓬頭，夾於右腋——當然，是出水口那一面貼在腋下。然後澪繞到胡桃背後，抓起綁住蓮蓬頭的毛巾，穿過兩腋並在肩上打結固定。

「啊、嗯……哈啊……啊……♥」

光是這樣，胡桃的身體就可愛地挺了一下。澪再將胡桃轉過來面對自己時，發現她的肩在微微顫抖，表示她知道自己接下來會怎麼樣吧。於是澪輕擁胡桃說：

「胡桃，不需要忍耐喔……我會陪妳到最後。」

「————！」

胡桃也緊緊回抱了她。接著澪左手環抱胡桃的腰，右手將蓮蓬頭水力一口氣開到最大。

大量熱水立刻激射而出，甚至水管都為之甩動。

「呀————啊啊啊啊啊啊啊啊啊啊啊♥」

突然間，澪懷中的胡桃發出震撼浴室的媚叫，全身劇烈跳動。

——那是澪第一次見到胡桃真正高潮的樣子。澪用力抱緊曝曬在劇烈快樂中的胡桃，並背靠著牆，貼著她的背往下坐。因為比起站姿，坐姿更能夠抱緊胡桃，讓她無法掙脫。

「————！不、哈啊啊！呼啊啊啊啊♥啊啊啊！哈啊啊啊啊啊♥」

高潮的風暴使胡桃毫無招架之力，整個人在劇烈的快感中顫抖，但澪依然死抱著她不放，緊緊拘束著她。一旦在這鬆手，恐怕耗再久都脫離不了催淫狀態，所以她要一次定勝負——用這一擊沖散胡桃的意識。下定決心之後，澪採取了必要的步驟。

能夠攻擊胡桃，讓她劇烈高潮的蓮蓬頭只有一個，可是她的腋下卻有兩處，還有一邊空著。這時胡桃想找個東西抓，左手繞至澪的頸後，於是澪把頭一歪——

「胡桃……啾叭！」

嘴唇貼上毫無防備的左腋，用力大聲吸一口。

「！————————♥」

胡桃最敏感的腋下同時被蓮蓬頭和澪的嘴左右夾攻，身體發生前所未有的劇烈抖動，同時股間噴射出被肉慾烘過的女性淫霰，使澪的下腹也濕滑一片。

然後就此無力地癱軟在澪的身上——暈了過去。

澪趕緊關上蓮蓬頭，大大地嘆息。

「哎呀～澪大人做得真是太漂亮了……雖然催淫效果沒有我夢魔洗禮再加上刃更哥和柚希姊屈服她當時那麼強，但她還是高潮到潮吹又昏倒，這種事不是那麼容易辦到的耶！」

「又不是我厲害……我只是學刃更而已。」

「所以才厲害呀。懂得應用刃更哥屈服了您的玩法，就是您完全接受刃更哥那麼做的證

據。看來那時候，其實您是很爽的呢……太好了，刃更哥。」

「咦──────……？」

萬理亞的話讓澪愣了一下，這才終於發現浴室的門不知何時已經打開，刃更站在更衣間──背對浴室，似乎是在迴避她們的裸體。

「刃、刃更你怎麼……什麼時候回來的？」

「這個嘛……」

在刃更回答茫然的澪之前──

「為了預防您真的處理不來的狀況，我事先傳了通簡訊給刃更哥，結果聽說柚希姊也在超市觸發了主從契約的詛咒。哎呀，妳們真不愧是刃更哥的屬下，默契好得不得了呢。我們的前途一片光明啊！」

萬理亞興奮地搶先這麼說，澪也訝異地往刃更看。

「柚希她……沒事了嗎？」

「是啊，幸好成功解除了詛咒。現在她在房間躺著。」

刃更點個頭，回答擔心的澪。

「在我幫柚希解脫的時候，萬理亞正好聯絡我說妳和胡桃陷入催淫狀態，我們就先趕回來了……還好嗎？」

仔細一看，刃更脖子上掛了些汗珠，多半是一路抱著柚希極盡全速跑回來的吧。

……刃更……

見到刃更這麼在乎她們，澪不禁有些開心。

「話說回來……妳們怎麼會變成這樣？」

「喔，這是因為啊……」

萬理亞回答刃更說：

「胡桃不小心用了我精心準備的催淫沐浴乳……然後澪大人想藉由親手幫她解脫，化解她們之間的尷尬。」

來吧，刃更哥——

「快誇獎澪大人幾句，澪大人把胡桃放在自己之前呢。最近學校裡有很多其他女生和那個美女保健室老師對你有好感的傳聞，讓澪大人很擔心……所以我準備了催淫沐浴乳給你用，讓她和柚希姊徹底給你服務一遍，好加深主從關係。而且用她們給予的快樂俘虜你以後，她們就能放心了。你看她多擔心，這麼簡單就答應了呢。」

「喂，不要說得好像我在陷害刃更一樣好不好——……嗯嗚♥」

澪急著想辯解，但一陣嬌喘打斷了她。

萬理亞的說法是有點語病，但澪接受她的主意是不爭的事實，那麼就某方面而言，澪也

第6章
關於東城刃更最近成為女性話題的大小事

無法完全否定自己有陷害刃更的想法——造成對刃更的罪惡感，觸發了主從契約的詛咒。程度與先前的沐浴乳截然不同，是說什麼都要使澪屈服的強烈催淫。

見狀——

「…………是嗎，果然妳也在擔心。」

刃更低聲說道：

「萬理亞，幫我照顧一下胡桃。我有些事要讓澪知道。」

「啊？刃更哥……你是怎麼啦？表情突然變得很正經耶？」

「……——拜託了。」

「好、好的……我知道了。那我過去嘍。」

刃更不同以往的氛圍讓萬理亞顯得有些疑惑，但在刃更的反覆要求下依然答應了他，在抱著胡桃的澪身旁蹲下。

「…………太好了，澪大人。看來已經不需要我的沐浴乳了呢。」

並以只有澪聽得見的音量低語。

……萬理、亞……？

因催淫效果而意識朦朧的澪恍惚地思考那是什麼意思。這當中，萬理亞已經抱著昏睡在澪懷裡的胡桃離開浴室和更衣間，接著——

「澪——……」

伴隨這低沉的呼喚，刃更踏入浴室，在澪身旁蹲下。怎麼辦，刃更很生氣的樣子。在焦急之前，愧疚先湧上心頭。

「嗯……對不起，刃更……我沒有……那種意思……」

即使催淫的酸楚整侵犯全身，澪依然極力道歉。

但是話說到一半，她左胸尖端傳來「啾噗」一聲濕響。

……咦……？

澪不禁傻住，一時間不知發生什麼事。往聲音來處一看，見到的是刃更的臉。他將澪鼓脹的胸部尖端大口含進嘴裡，貪婪地吸吮著。之前胡桃含的也是那裡，也就是透過乳頭和胡桃間接接吻了——而胡桃與刃更之間沒有主從契約，十足是吃醋的對象。按理來說，澪應該會心生嫉妒而加強催淫效果，但現在的她沒有餘地想那些事。

刃更正吸吮她的左胸乳頭——在澪的腦子能夠理解這個狀況時，刃更的雙手已經掐住澪的右胸與左臂，大肆揉捏起來。

「呀、啊——呼啊啊啊啊啊啊啊啊啊啊啊啊♥」

就是這麼快。一瞬間，刃更就讓她激烈高潮了。接著——

「啊……哈、啊啊啊♥嗯、呀……啊……嗯嗚♥」

第6章
關於東城刃更最近成為女性話題的大小事

澪沉浸在與胡桃完全不同層次的高潮殘滓中吐著熱氣時，刃更繼續粗暴地奪占她的唇，將舌頭探入她的嘴。陶醉在激烈快感餘韻中的她，除了接受刃更的唇與舌外什麼也不懂。

「啊啊……嗯、啾……嗯嗚♥呼啊……啊唔、啾嚕……咧嚕……哈啊啊♥」

澪起初只是任由刃更擺布，但舌頭漸漸地也主動勾纏起來。

……刃更……

沉溺於熱吻之餘，成瀨澪理解到現在的狀況，和佐基爾事件後刃更失去理性而侵襲她那次相同。

可是，澪心中卻沒有恐懼或驚訝。

只有令人發顫的喜悅。

——之前刃更說，他有些事要讓澪知道。

而現在他拋開了理性，瘋狂地索求著澪。他的親吻與愛撫，訴說他對澪是多麼地興奮且多麼地重視。於是兩人的姿勢不知不覺地變成背面坐姿，刃更從背後玩弄著澪的雙乳，而醉心於長吻的澪趁換氣的短暫間隔，從右側往後轉頭，對她珍愛的家人兼主人的刃更說：

「哥哥，再多用力告訴我一點……讓我再也不會胡思亂想。」

「——————」

貪求著的刃更伸出右手，抓取一個東西。

那即是萬理亞認為已經不需要的東西——催淫沐浴乳，並要扭斷瓶蓋似的粗暴地打開，往澪的胸口和全身大把地倒。主從契約的催淫還不夠，他要再加上沐浴乳的催淫。知道刃更是認真要狠狠蹂躪她之後——

「呀……哥哥，這樣、啊啊……哈啊……啊啊啊……嗯嗚♥」

澪嬌聲扭動，接納刃更的種種行為。沐浴乳的催淫強度會隨用量改變，而刃更將它全倒在了澪身上，遠超乎先前澪為了以相同狀態幫助胡桃解脫的用量。在因為對刃更有所愧疚而觸發詛咒催淫後，再加上無視適當用量的沐浴乳催淫會有什麼結果呢？

成瀨澪透過自己的身體嘗到了答案。

「嗯……！呀……啊……啊啊♥……哈啊……啊啊啊啊啊！啊啊……♥」

前側身體布滿白濁催淫液體的澪，在刃更大腿上叫出撼動浴室的媚叫——但事情還沒結束。

「——開始嘍，澪。」

隨著這絕對的宣告，刃更雙手穿過澪兩腋之下，要覆蓋其雙乳般接近。

「……啊、啊啊……♥」

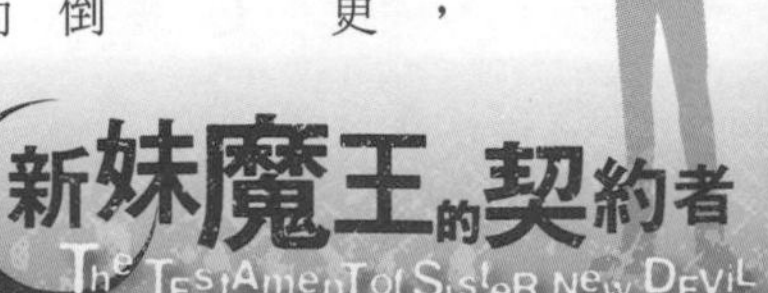

澪預想著這幾秒後的未來自己即將如何，發出放棄掙扎與愉悅交融的喘息後，淋滿沐浴乳的乳房咕啾一聲，從刃更指縫間擠出淫褻的肉團。同時刃更以中指和無名指用力夾住乳頭，狠狠抓揉起來。

「————————♥」

在刃更大腿上，布滿白濁催淫液體而滑不溜丟的胸部遭到這樣的褻玩，使澪就這麼在刃更大腿上，被空前層級的感官刺激推上高潮。

6

刃更和澪的行為，都被成瀨萬理亞在客廳看得一清二楚。

安置好胡桃後，萬理亞用自己的筆電連上裝在浴室裡的針孔攝影機畫面，耳機也播送著清晰的聲音。

「我就知道……刃更哥體內還潛藏著這種有點鬼畜的一面。」

萬理亞笑呵呵地注視著的影像視窗中，澪終於要向刃更全面屈服。從激烈高潮退下來的她，表情像昨天扮母狗時一樣妖豔。每當刃更揉揉她的胸，腰和腳就不受控制地擺動，用充滿淫慾的嗲聲「哥哥、哥哥♥」叫個不停。

且這樣的澪，似乎更讓刃更控制不住他的亢奮。

「呵呵……刃更哥～腰都在晃了喔～」

搓揉布滿催淫沐浴乳的胸，應也使他透過手掌吸收了不少，漸漸地陷入催淫狀態。不過──

「也好，平常他自制過頭，偶爾這樣失控一下反而好。要是憋到快爆掉，對身體也不好嘛。」

萬理亞繼續鑑賞刃更和澪浴室中的淫姿。

刃更那樣的人，應該設想過自己陷入催淫狀態後應該怎麼處置吧。

「可是到時候，負責讓刃更哥解脫的……就是我這個夢魔了。」

成瀨萬理亞嘴角洩出「咕呼呼」的竊笑。

──同時。

浴室裡，刃更和澪依然淫靡至極地交纏著。

第7章　夢魔們的密談

啟程前往敵界倫德瓦爾，與現任魔王派決戰的幾天前。

穩健派根據地，維爾達城中一角，發生了一場嚴肅的對話。

成員是由三名互有血緣關係的夢魔。

……萬理亞？連雪菈小姐跟露綺亞小姐也來了……

路過的澪不解地皺起眉頭。

「——媽媽、露綺亞姊姊，『多人混戰』真的很難嗎？」

萬理亞表情認真地問。

「要看怎麼做啦……不習慣的話，光是三個人就很難了。」

「就是啊，同時面對多名對手的話，意識和注意力無論如何都會分散。所以基本上，還是人多的一方為攻，少的一方為受比較普遍。」

可靠的母親雪菈與姊姊露綺亞，也給予她年長者的意見。

「妳之前是怎麼樣？」

「當然是有過好幾次……可是這麼多的當然是沒有過。完全是第一次。」

萬理亞略顯不安地回答雪菈。

……萬理亞……就是說啊，真的會緊張……

澪不禁感同身受。

能夠痛切地了解萬理亞懷抱的不安。

——與現任魔王派的決戰，是雙方互派代表所進行的團隊戰鬥。

過去，澪一度成為勇者一族消滅目標那次。

是以設下結界的城市地帶為舞台的三對三戰鬥……當時戰況嚴酷到成為死鬥也不為過。

能夠勉強打得有來有往，是因為占有地利。

另外就如雪菈所言，一對二或二對一的戰鬥其實格外困難。

澪和萬理亞就曾協力對付過持用靈槍「白虎」的早瀨高志，但光是拖延時間就夠她們受的了。

攻入佐基爾的藏身處，和柚希聯手抵擋還是敵方的潔絲特時，也被逼得在生死關頭徘徊。

而這次現任魔王派的雷歐哈特等人都是比他們更可怕的強敵，人數又多，且握有地利。

「…………………………」

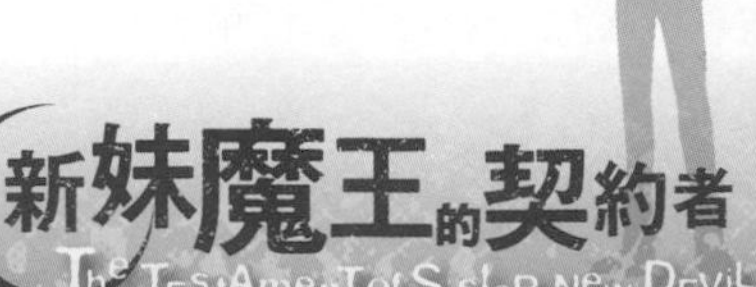

即將到來的生死激鬥，使澪表情不由得嚴肅起來。

「聽好了，萬理亞……最重要的是團隊合作和隊形。」

那邊，露綺亞開始提供實際的建言。

「要分清前鋒、後衛、支援等職務，並配合狀況隨時變動，見到機會就要一舉進攻……只要是多對多，彼此的默契和眼神就會非常重要。當然，那不是一朝一夕就練得成的東西，但至少現在還有幾天時間。」

「是啊……只要認真練，現在開始也不嫌晚。」

聽了露綺亞和雪菈的鼓勵——

「……說得對，現在放棄也太早了。」

萬理亞「嗯」地點頭，臉上再也沒有迷惘。

「加油喔，瑪莉亞。」

「需要的話，我們也可以提供一點幫助。」

見到萬理亞置身在姊姊與母親的溫暖話語之中，讓澪不想再偷看她們母女三人相聚，悄悄離開現場。

不過，她的眼神也和萬理亞一樣，不再迷惘。

相信不久之後，萬理亞就會對澪幾個提出建議。

關於如何強化團隊合作和隊形。

到時候，自己也要積極配合。

刃更、柚希、胡桃和潔絲特也都一定會贊成。

好打贏這場仗，得到安寧的日常。

於是——

「…………加油喔，萬理亞。」

這麼說的澪愈走愈遠——沒聽到下面的話。

來自三名互有血緣關係的淫魔。

「哎呀～第一次玩6P真的好緊張喔，幸好有來問一下。」

「不用太擔心啦。我會調點厲害的強精劑給刃更弟弟喝的。」

「順利玩起來的成就感真的很棒……光想就興奮呢。」

第8章 承受揭露的真相

「……………嗯……」

睡在舒爽溫暖中的成瀨澪，聽見夾雜於反覆平穩呼吸之間的輕細吐息而忽然睜眼。

房裡夜色仍深，但澪因睡眠而閉上的雙眼早已習慣黑暗，很快就見到眼前閉著眼的側臉。

是東城刃更。

澪正依偎著刃更躺在床上，枕著他右肩與上臂一帶。

全身都能感到當被子用的床單與肌膚直接接觸，讓澪得知自己現在只穿一條內褲。

而被子底下肌膚與澪相觸的刃更同樣是赤身裸體。

……對喔，我又跟刃更……

澪感受著仍殘留在體內的甜美餘溫，見到胡桃以相同姿勢睡在刃更另一邊，背後還有柚希，自己背後是萬理亞。而最後一人——

「潔絲特……」

澪不禁喚出那美麗魔族的名字。併起柔軟褐色大腿讓刃更枕著的她，在陰暗中與澪對上雙眼。

指尖輕撫刃更的頭髮後，對澪柔柔一笑。

「……………妳該不會都沒睡吧？」

澪以不會吵醒刃更的音量問，潔絲特稍稍搖頭。

「不是，我有適度休息一下。我本來就是不太需要睡眠的人。」

她也和澪一樣悄聲說話。

接著──

「──妳平靜一點了嗎？」

關心起澪的狀況。

「……………嗯，我沒事了。」

澪點點頭，仔細回想自己的現況。

他們才剛結束與現任魔王派的決戰，並擊退魔神凱歐斯，平安返回穩健派的根據地維爾達城。

後來──

「……………剛才我慌成那樣，對不起喔。」

第8章
承受揭露的真相

沒錯，澪在前不久一度陷入恐慌。

那是因為她問起刃更與現任魔王雷歐哈特與魔神凱歐斯交戰時施展出的重力系能力，而刃更告訴了她一個驚人的事實。

原來刃更的母親就是澪的父親的妹妹，亦即前任魔王威爾貝特的妹妹。

從前當她知道自己不是普通人而是魔族，還是前任魔王的女兒時，也受過極大的震撼。

然而現在，有刃更幾個陪伴著她。

在他們的關愛下，澪終於接受自己的出身——與刃更、柚希和胡桃都不同的事。

因此刃更也有魔族血統的事，以及他們的表兄妹關係，十二萬分地足以撼動澪的心靈。

——發現刃更與自己更接近這點，說不高興是騙人的。

但是，這對生為勇者一族的刃更而言或許不是可喜的事。

刃更有魔族血統的事實也對同為勇者一族的柚希和胡桃造成巨大震撼，感情豐富的胡桃甚至當場哭了出來。

澪也被她感染，轉眼就不知如何整理情緒，眼淚撲簌簌地掉——刃更便將澪和胡桃帶上床安慰一番。

親吻之中，柚希、萬理亞和潔絲特聯手脫光她們的衣服，溫柔地愛撫弱點。那幸福漸漸奪去她們的不安、痛苦和理性，最後兩人都只想著一件事。

那就是，即使刃更有魔族血統，依然什麼也不會改變。

眼前，有刃更、有大家——相信這點就夠了。

所以現在，澪的心靈恢復平靜，胡桃應該也是。

「妳能想通就好……」

潔絲特對她柔柔一笑。

「還有一段時間才會天亮，再多跟刃更主人撒撒嬌怎麼樣？」

「…………嗯，我就來撒嬌。」

澪輕笑著答覆潔絲特的建議，緊貼刃更閉上雙眼。

感受著刃更千錘百煉的肉體，與其體溫所表明的存在。

第9章 橘七緒的擔憂與長谷川千里的企圖

當刃更一行前往魔界，使現任魔王派與樞機院的問題都告一段落的那幾天。

刃更、澪與柚希三人所就讀的聖坂學園，已經進入第三學期。

他們是希望盡可能珍惜自己的日常生活，可是關乎魔界未來的決戰不會配合他們，學校無情地在他們請假時開學了。

第三學期剛開始就有三個同住一屋的人連日缺席，校方當然會關切。

尤其是在東城家監護人，東城刃更的父親迅出國工作的情況下。

再加上刃更他們所在的一年B班還有幾個讓人不得不變得神經質的「問題」。因為秋天舉行的運動會期間，發生了班導坂崎守神祕失蹤的大事。

不過他們前往魔界之前，都在手機裡安裝了特殊的魔力晶片。

所以他們已經通知學校說：「利用寒假出國玩，結果在當地發生問題，要晚幾天才能回國。」當前是不會有太大的問題。

但是——他們沒來上學會有人擔心，自然有人會覺得寂寞。

表示刃更他們在這所學校製造了如此強烈的歸屬感。

就在第三學期第三天放學後。

聖坂學園知名的「絕美保健室老師」長谷川千里，在保健室這座自己的小城堡裡傾聽一名學生的煩惱。

蹺腳坐在椅子上的長谷川面前——

「那個……長谷川老師，東城同學他們都還沒來上學耶。」

一臉擔憂地這麼說的，是學校裡長相最可愛，有「奇蹟少年」之稱的橘七緒。

他十指交錯於胸前，抬眼窺視長谷川的反應。

「是啊……好像真的是這樣。」

長谷川點點頭，似乎不怎麼關切。

「…………老師不擔心嗎？」

七緒略皺眉頭，疑惑地問。

注視著她的眼眸，摻雜些許的不滿。

……真是的，簡直是戀愛的少女嘛。

長谷川千里不禁苦笑。

七緒並不知道長谷川的真實身分和祕密，但七緒是個體質特異的半吸血鬼，身體會隨週

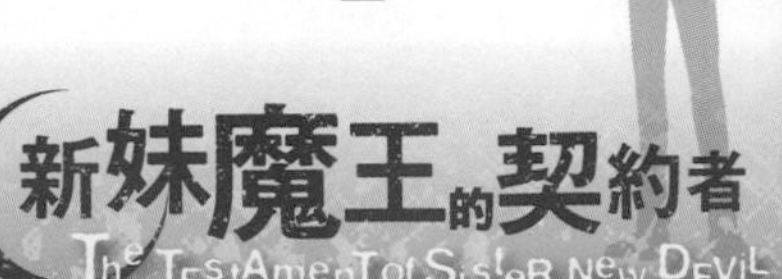

期性的賀爾蒙變化而變男變女的事，長谷川都知道。

——當然，七緒並沒有對她說出這些祕密。

長谷川曾是神族中最高階的十神之一，單純就只是看破了而已。

至於七緒這邊，卻是對長谷川的身分渾然不覺。

「東城他們已經從那邊把發生什麼事、現在是什麼狀況都說清楚了，你是他的朋友，他沒直接聯絡你嗎？」

長谷川對七緒問。

「這個嘛……有。」

七緒點了頭，但臉上的陰霾依然不散。

……這也難怪。

他和長谷川一樣，也知道刃更到魔界去的事。

即使收到刃更報平安的簡訊，也只會認為那純粹是在安撫他，依然擔心得不得了。

這樣的擔憂，長谷川也很難抹去。

以前就算了，對現在的七緒而言，刃更的話分量比長谷川更重。

若粗暴一點，拿出神族阿芙蕾亞的力量來修改七緒記憶的事並不是做不到。就算十神的力量只能為刃更而使用，現在的她一樣能修改七緒的記憶。且若以「七緒的擔憂可能會對刃更不利」為出發點，說不定就能解除限制。

……可是。

七緒是刃更重要的朋友。

在刃更眼中多半和澪她們一樣，是屬於「絕不會退讓」的界線之內。

長谷川自然想避免對七緒的記憶或精神進行無謂的操弄。

所以她決定用不同方式去除七緒的不安。

「——那我問你，我為什麼需要擔心東城他們幾個？」

她先以一個比較壞心眼的問題起頭。

長谷川為消解七緒的不安所選的方法——

就是挑釁。

「因為我——」

話鋒一轉，七緒便跟著回嘴，但臨時紅著臉不說下去。

若是過去的他，多半會就此沉默並結束對話吧。

即使是現在，若現在談的是其他話題，或許他一樣不會說出自己的心情。

然而。

在長谷川的注視下，七緒嚥嚥口水後開了口。

第 9 章
橘七緒的擔憂與長谷川千里的企圖

他雙頰嫣紅地說：

「老師，妳也……在和東城同學交往嗎？」

儘管如此，他的視線仍然與長谷川正對。

面對七緒這樣的變化，長谷川悠然一笑。

……我就知道。

看來之前他那個略帶怒氣的問題，意思是怎麼可以不關心男友的安危。

但是——

……「妳也」啊。

七緒用「也」字，並不是因為自己。

多半他也看出刃更和澪他們關係不單純了。

才會用「也」字來問。

長谷川如此思索著七緒的想法，並說出一個事實。

「我不知道你有什麼誤會，總之東城和我並不是男女朋友喔？」

她沒有說謊。

當然，她和刃更的確是在運動會後發生了只有他們知道的祕密男女關係，可是那還是稱不上情侶關係。

……不過呢。

長谷川心裡原本是保護者的關愛，但現在的她也無法否認自己對刃更完全是戀愛之情了。

所以她不是說「我和東城並不是男女朋友」，而選擇用「東城和我並不是男女朋友」來掩飾自己的感情。

七緒想知道的應該也純粹是東城的事，不是長谷川這部分，那樣講應該沒錯。

然而七緒當然是不可能看出長谷川的真意——

「可是……之前慶功宴之後，妳跟東城同學上同一輛計程車……」

語尾含糊地這麼問。

「那是因為我喝醉了，東城放不下心送我回家而已，沒發生任何值得你注意的事。」

「真的嗎？」

「真的……」

很顯然，這是扯謊。

刃更並不是只送長谷川回家而已。

因為當時長谷川自己勾引刃更下車，帶回了自己的公寓。

在電梯裡就讓刃更揉胸濕吻，進房以後還說：「今天晚上，想不想狠下心來摧殘一下大姊姊呀？」來挑逗他，做出更淫蕩的行為。

她將刃更的陽具夾在乳溝之間，又舔又吸地直到射精，而刃更也將它粗暴地塞進長谷川的內褲中，狠狠摩擦長谷川的蜜縫，造成難以置信的快感……最後高潮的程度強烈到甚至使她恢復了神族的模樣。

這才是那晚的真相。

……可是。

他們並不是沒有任何鋪陳，到了那晚就突然獸性大發。

長谷川和刃更的關係，早在運動會後幾天就從這保健室開始了。

「這樣啊……對不起。」

七緒聽長谷川否認後，隨即垂眼道歉。

但感覺並不像完全相信長谷川的說詞。

他多半也從長谷川和刃更之間的氛圍察覺到兩人關係不單純了。

於是長谷川告訴他：

「不用替東城擔心，他這一、兩天就會回來了。」

「！……他聯絡過妳了嗎！」

七緒赫然抬頭，長谷川微笑著點頭說：「對」。

其實這消息並不是來自刃更本人。

是刃更的父親迅昨晚通知她的。

與現任魔王派的衝突和樞機院等掌權者的存在等，與澪相關的一連串政治問題都暫時告一段落後，迅已和刃更幾個一起回到了穩健派的根據地。不過只有刃更他們要回人界，迅還要留在魔界調查瑟菲雅的蹤跡。

大概是因為知道刃更快回來了，總算安心了吧。

「——那我差不多該走了。」

七緒繼續和長谷川聊了一會兒，最後笑著這麼說之後離開保健室。

「受不了……整個是萬人迷耶，東城。」

獨自留下的長谷川如此苦笑。

現在的刃更在澪她們之外都得到長谷川了，看這情況，肯定連七緒的心都已經被他奪去。

……而且還有一個。

副學生會長梶浦立華恐怕也是。

她也在思念刃更吧。

第9章
橘七緒的擔憂與長谷川千里的企圖

但她這邊不必操心。

七緒回到學生會室以後，一定會把刃更的消息帶給她。

所以——

「——東城。」

從這一刻，長谷川開始回想這個她心中比誰都重要的少年。

——與刃更第一次發生祕密關係的事，長谷川記憶猶新。

對刃更的思念使她苦悶難耐……最後忍不住向刃更求救，刃更也以保守底線為條件答應了她。

於是長谷川慢慢脫去白袍，從教師化為一名純粹的女性，再將高領毛衣胸前的洞上下扯開，露出大片雪乳挑逗刃更。

當時長谷川所坐的，就是剛才七緒坐的圓面滾輪椅。

而長谷川的騷樣看得刃更興奮難耐……接下來便完全是一段只有淫欲的幸福時光。

刃更抓住她的手，硬把她從椅子上拉起來，粗魯地占有了她的唇。

手還在胸上到處抓揉，一路揉到床上去。然後一件件地互相脫衣直至全裸，無數次地反覆確認對方的性別。

原本開放給全校師生利用的保健室，從那一天的那一刻開始……在刃更與長谷川幽會期間，就會成為他們的兩人小天地。

長谷川求刃更教她如何取悅他，而刃更起初還會疼惜，後來漸漸把長谷川當性奴來調教……過程中還只有上鎖，沒設驅人結界。玩久以後，來到門前的學生或教師對他們而言都不過是種刺激罷了。

長谷川千里的心靈和肉體，就是如此徹底地成了刃更的東西。

對他的思念，也在一次面也見不到的寒假裡高漲到壓抑不了的地步。

「我想想……該要他怎麼賠我好呢。」

長谷川千里說完呵呵笑起來。

——在魔界這段時間，他和澪幾個的關係一定深入很多了吧。

不要他多拿一點愛出來就太不公平了。

很快地，長谷川千里想到了一個好點子。

她面泛媚笑地低語：

「…………好，來個溫泉旅行吧。」

當然是和刃更單獨出遊，過夜也不在話下。

長谷川打定主意，要在刃更從魔界回來以後向他屈服到天亮。

在與他共度的那晚——聖誕夜裡。

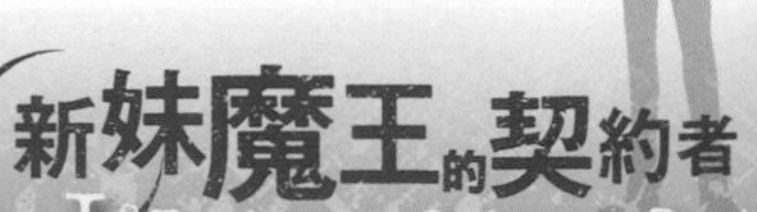

第 9 章
橘七緒的擔憂與長谷川千里的企圖

她已經當了一整個寒假的乖孩子。

不請聖誕老人拿點禮物來怎麼行。

這是一段絕不能告訴他人的關係。
但我依然相信——我們絕對是一家人。

第10章 為了更像一家人

1

在魔界與現任魔王派決戰後。

刃更一行在第三學期開始後幾天的星期五返抵人界。

但沒有受到校方責罰，也沒有造成任何問題。

因為他們事先用裝有特殊魔法晶片的手機，從魔界聯絡過學校了。

『我們趁寒假出國，結果在當地遇到一點狀況，會晚幾天回國。』

校方聽刃更這樣解釋，以較為寬容的態度處理這件事。

隔天星期六，東城家在潔絲特搬進來之後感覺實在太小，刃更便帶澪、萬理亞和潔絲特三人出去看房子。

並在街上遇到瀧川時，針對現況交換情報。

當時瀧川建議不要搬家，直接請潔絲特用土系魔法擴建地下空間或許比較省事，他們也採用了這個做法。

畢竟現在住的這個家裡充滿了各種回憶，對它有不少感情。

決戰結束後，穩健派送給他們產自魔界的大量金條作獎賞。只要不過揮金如土的生活，基本上不會為金錢所困。

於是他們來到裝修行，買了萬理亞想找的，所有人都能同時泡進去的巨大按摩浴缸。再到家具行添購額外需要的寢具等各式生活所需。

到了星期一，刃更幾個又要開始上學了。為了在那之前完成潔絲特的生活空間，所有人討論過後便用潔絲特的魔法造出了地下室。

昨天，成人禮的日子上，由於已經付過加急工程款，家具的搬運、組裝，以及浴缸的安裝、配線等工程全在一天之內搞定。

……有點倉促就是了。

儘管如此，地下室總歸是順利完工，且替潔絲特布置出一個舒適的房間。

而整個東城家新建的地下室最大的亮點，無疑是萬理亞期盼已久的巨大按摩浴缸。

此外——

……第二個就是……

為使澪幾個更深入地向刃更屈服，以增強戰鬥力而造的廣大寢室。

房裡恍如豪華賓館的超大型巨床，能同時容納刃更和澪她們所有人在其上瘋狂纏綿……於是他們也趁熱在昨晚一併試用了大浴室和大床。

——決戰之前，刃更在魔界徹底屈服了澪她們所有人。

六人的關係也因此變得十分淫靡……即使有點害羞，澪她們也會用自己的身體替刃更洗淨全身，這樣的情境當然使刃更亢奮得難以自持。

於是——

「——既然要做，就全部一起強化吧？」

雙眼發浪的萬理亞如此提議後，當場就全員一致通過。

在地下室不管怎麼叫，外面都聽不見。

讓刃更可以盡情地屈服澪她們，她們也樂在其中，徹底放縱自我。

直到刃更給予的終極劇烈高潮衝散所有人的意識為止。

2

有段時間，會讓大部分高中校舍一口氣熱鬧起來。

那就是上午課程結束後的午休時間。

在餐廳和福利社轉眼擠滿了人，必然大排長龍的戰場逐漸擴大時。

成瀨澪和野中柚希，都在一年B班教室吃自己帶的便當。

總共有四組桌椅兩兩相對。

兩組是澪和柚希，另兩組則是好朋友相川志保和榊千佳。

在這張四組課桌組成的餐桌上，澪和柚希打開了她們的便當——竟然是總共三層的豪華菜色。

「哇～好像超好吃的……可是，便當弄這樣也太豪華了吧？」

「妳們兩個要自己吃完？」

便當盒裡裝滿了五彩繽紛又種類豐富的菜式，讓相川和榊讚嘆不已。

「吃得完就厲害了……可是做這麼多，我跟柚希實在是吃不下。是吧？」

澪苦笑著徵求鄰座的同意，柚希跟著點頭說：

「這個便當是澪的妹妹和新搬進我們家的女生一起做的。」

沒錯，這是萬理亞和潔絲特兩個人在今早做的特製便當。

——在這之前，東城家的家事都是萬理亞一手包辦。

現在多了潔絲特這個幫手。

第10章
為了更像一家人

從他們返回人界的第二天起，潔絲特就將雪莅和露綺亞在穩健派根據地傳授給她的侍女手藝發揮得淋漓盡致。

做出了好比高級飯店的豪華早餐。

萬理亞見到潔絲特有這麼厲害的家事技術，還難得嫉妒得苦惱了一陣子。

……但最後還是跟平常一樣，圓滿解決了。

決定添購按摩浴缸後，潔絲特因個性太認真而觸發詛咒。於是刃更在屈服她時邀澪和萬理亞加入，化解了萬理亞心中的芥蒂。

……無論怎麼說。

東城家地下室的大浴場和大寢室都是萬理亞提案、潔絲特施工才完成的。

最後萬理亞和潔絲特說好，往後家事要一起分擔，需要時互相合作，結果就是這個兩人合力為澪和柚希做的豪華便當。

……都說過太豪華的便當看了會怕了。

但萬理亞和潔絲特都以顧全一家健康為己任，打死不讓。

「不過呢……這麼豪華的也只有今天啦。」

「咦，這樣喔？」

「嗯，不然每天都做成這樣也太累了吧？對做的人和拿的人都一樣。」

等到菜全部做完，放進多層盒以後，萬理亞和潔絲特才發現這個大便當會是一種重負
……潔絲特覺得給刃更添麻煩了而觸發主從契約詛咒這部分就不提了。
——但不管怎麼說，做都做了。
所以澪和柚希還是把便當裝進提袋帶過來，而刃更帶的是另一個單人便當。
午休一到，刃更就帶著便當和幾個男同學出教室了。
……能和班上同學混熟真是太好了。
由於剛轉學過來時發生很多事，刃更渾身都是邊緣人的味道。加入運動會執行委員後，他交到幾個瀧川以外的男性朋友，最近經常和澪她們分開吃午餐。
雖然澪和柚希還是希望跟刃更一起吃——
……太常膩在一起，引來麻煩也不好。
學校裡有許多澪和柚希的狂熱愛慕者。
這些愛慕者對和她們同居的刃更，觀感非常之差。
尤其是三年級的堂上和穗積為首的集團，甚至還把刃更叫到校舍後找碴，在運動會執行委員會上也惹出了不少麻煩。
現在忍著點，回家以後愛怎麼跟刃更在一起都行。
……而且。

第10章 為了更像一家人

澪和柚希在班上還有相川和榊這樣的好朋友能陪她們。

因此她們比較希望刃更能和同學培養友誼，讓校園生活更加充實愉快。

……畢竟。

他們都好不容易找回日常生活了。

在相川和榊幫吃下，清空那豪華便當後。

「對了，成瀨同學、班長，有機會可以去妳們家玩嗎？」

相川心血來潮地問。

「…………我們家？」

突來的問題使澪錯愕地眨眨眼睛。

身旁的柚希也是如此，有點驚訝地看著相川。

「咦……這種事有這麼奇怪嗎？」

這樣的反應讓相川顯得頗為不解。

「因為啊，我們雖然會在放學後去其他地方走一走，可是都沒有去過妳們家耶？害我好好奇妳們到底住在怎樣的地方。對不對呀，千佳？」

「咦？嗯……」

相川身邊，終於吃完可愛尺寸便當的榊千佳聽她徵求同意便跟著點頭說：

「聽說第二學期轉過來的東城同學跟妳同居的時候，我還滿驚訝的……不過既然是爸媽再婚，本來就會這樣嘛。跟轉學生住一起聽起來很特別，但如果說是一起住以後才轉過來，其實還滿正常的。」

可是——

「妳媽媽跟東城同學的爸爸，好像一直都不在家耶？」

「喔……呃，嗯。就是啊。」

澪她們總不能將自己的身分背景和處境告訴普通人。

所以對相川和榊等身邊的外人，都是用一套假設定來解釋。

那原本是在知道刃更和迅是什麼人以前，澪和萬理亞自己編出來的，刃更來了以後就直接沿用了。

「而且……過一陣子以後，班長也搬過去住了吧？」

「……關於這部分，就是我之前講的那樣。」

面對榊的問題，柚希答得毫不緊張。

「妳是說……你們爸媽感情很好，所以妳跟東城從小就認識對吧？」

相川回想著柚希對同居的解釋說道。

「所以班長鄉下的爸媽擔心妳一個人住不安全……東城的爸爸就接妳過去一起住了？」

第10章
為了更像一家人

「嗯。」澪點頭回答相川。

「我媽媽聽說是安全問題以後馬上就答應了。畢竟小孩獨自住外面，作爸媽的很難不擔心嘛。」

答話之餘，澪在心中為說謊向她們道歉。

——相川和榊都是澪重要的好朋友。

澪實在不想對她們有所欺瞞。

但儘管如此，她還是不能說出實情。

別說說出來以後，她們會以為澪在瞎扯——

……更重要的是。

知道澪幾個在私底下跟刃更是怎樣的關係以後，不只是幻滅那麼簡單。

就算是為了克服未來的強敵和苦難，以夢魔的催淫特性結下主從契約的這一群人，關係仍是淫亂到言語難以說清。

「…………………」

澪心想，普通人絕對是無法理解他們這樣的關係。

但話說回來，這本來就沒必要告訴別人。

任誰也會有幾件不能對朋友說的事，感情再好也一樣。

哪怕是血脈相連的家人。

有些事是因為珍惜對方，才不能說出口。

相川和榊兩人，對澪十分重要。

她非常重視這兩人的友誼。

所以這也是沒辦法的事。

澪無論如何也不能對她們說出實情，也不想說。

可是——

「…………好哇，既然妳們都想來，那就來呀。」

澪答應了相川和榊的要求。

「柚希，妳沒關係吧？」

「當然。她們過來玩，刃更一定會很開心。」

澪為保險起見先問一下，而柚希也肯定地點了頭。

「真的？好耶！」

「謝謝喔，等不及了。」

相川和榊臉上頓時堆滿笑容。

見到她們這麼開心，澪也很高興。

第10章 為了更像一家人

——在過去的日子裡，澪始終被現任魔王派的魔族追殺。

所以她一路走來，都在設法避免殃及周遭。

交個感情深入的朋友是想都不敢想。

她和相川和榊在校內經常聊天，但基本上不會在校外見面。

頂多是趁放學時一起逛逛其他地方，且次數屈指可數。

不過，雖然中間發生過很多事，與現任魔王派的問題現在總算是姑且畫下句點了。

所以才能夠如此返回日常生活。

因此得來的，是自養父母遇害後便失去的東西。

理所當然的安穩日常。

澪在心中反覆品味著這份可貴，說道：

「來我家玩是沒關係啦……可是不能太期待喔？」

「妳放心～班上同學住在一起就已經夠有限了。」

相川笑呵呵地回答澪：

「名義上，妳跟班長都住在東城家沒錯吧？」

「對。還有我妹胡桃和澪的妹妹萬理亞。」

聽柚希這麼說——

「是喔～感覺挺熱鬧的嘛。」

「我沒兄弟姊妹，對這種大家庭還滿有憧憬的耶。」

相川和榊顯得很羨慕。

對於這樣的她們——

「然後啊——剛才柚希也提到，最近又有一個人搬進來住了。所以呀——」

成瀨澪順道提起。

「等妳們來玩的時候……我再跟妳們介紹。」

3

與廣播社的島田太一和幾個班上同學一起午餐後。

刃更與他們告別，前往保健室。

要找那位絕美保健室老師。

「——打擾了。」

刃更輕聲敲門，進入其中。

第10章
為了更像一家人

剎那間，一股溫暖的空氣迎接他般輕柔地裹覆全身。

與充滿隆冬寒氣的走廊完全是不同世界。

舒服的不只是室溫，還有充分的濕度，整個空間令人備感清淨。

……總覺得好神奇喔。

刃更已不知進出過保健室多少次。

每次都對長谷川創造的舒適氣氛敬佩不已……或許保健室的真正價值，要在冬季才體會得出來。

但話說回來——

……今天好像特別不一樣？

該怎麼說呢，就是保健室的氣氛比過去柔和澄淨許多。

堪稱是與先前魔素濃烈的魔界完全相反的空間。

——刃更的力量，在那個世界獲得了飛躍性的提升。

來自與潔絲特結下主從契約，又在與雷歐哈特等現任魔王派決戰前徹底屈服了澪她們所有人。

力量的急劇提升，使他能察覺到之前所不能的事。

包括這空間是多麼驚人。

「…………………………」

刃更默默地往保健室深處走。

平時在這一刻，長谷川就會注意到刃更來訪而出聲歡迎，但今天沒有。

表示──

「…………她不在？」

刃更嘟噥著注視窗邊長谷川的辦公桌。

通常都坐那的她今天不見人影。

但刃更並沒有就此轉身離去。

牆邊一張病床的簾子是拉上的。

有人在裡面。

……不會吧……

刃更不禁吞吞口水。

因為他回想起準備運動會那時的事。

那天刃更來到保健室，也有張床像這樣有人在用。

使用者是長谷川自己，她在試穿訂製的前拉鍊連身泳裝，結果脫不掉了。

……當時。

長谷川拜託錯愕的刃更幫她脫泳裝，刃更只好聽從，用洗手乳當潤滑劑，硬是將拉鍊扯下。

結果——長谷川碩大的乳房因不可抗力而整個暴露在刃更眼前。

而且在這之後，她還邀刃更回公寓，親手做飯給他吃。

飯後，刃更反過來像個接受學生戀愛諮詢的教師一樣，答應長谷川想體驗男女之趣的要求，在廚房從背後摟抱她。

最後，甚至一起進了浴室。

「…………………」

讓她用豐滿的乳房洗背，兩人很快就吻在一起，雙雙拋開理智……互相激烈地索求。

儘管沒跨過底線，刃更仍與長谷川赤裸交纏，玩弄她的胸臀，使她一再高潮。

長谷川也將刃更的陽具夾在乳溝縱情套弄，給予刃更一次猛烈的射精。

所以——

……真的……是這樣沒錯……

說起來，那天就是一切的開端。

他與長谷川的師生關係只到那一刻為止。

而現在，刃更眼前又出現與當時同樣的狀況。

「…………………………………」

床上的人不一定是長谷川。

一般而言，多半是不舒服的學生或教職員等學校裡的人。

對方是女學生的機會很高，刃更並不是保健股長，擅自掀開而鬧出問題也不奇怪。

可是，刃更是有事找長谷川才來的。

於是——

「不好意思，長谷川老師……在嗎？」

刃更不是對拉上簾幕的病床喊，而是對保健室本身。

隨後，簾幕裡傳來耳熟的聲音。

『……呃……該不會是東城同學吧？』

那有點躊躇的可愛聲音，並不是來自長谷川。

刃更立刻就想到那是誰。

「妳是……橘嗎？」

話一說完，簾幕猛然掀開，橘七緒從裡頭飛奔出來。

迫不及待似的衝進刃更懷裡。

「————」

第10章
為了更像一家人

詫異之餘，刃更仍立刻抱住了她。

感覺格外柔軟。

「東城同學……太好了，你平安從魔界回來了。」

七緒在刃更懷裡抬起頭來。

眼鏡大概躺下時摘掉了，如今她裸露的紅色雙眸角落，泛著薄薄的淚光。

──刃更之前就已對半吸血鬼橘七緒坦白了自己和澪她們的身分。

所以在寒假前往魔界之前，也將這件事告訴了她。

在魔界，他也用簡訊通知過事情總算告一段落，會晚幾天回來……但是在見到他完好如初地回來之前，七緒心裡還是會擔心。

「……都沒事了嗎？」

「對，目前總算是搞定了。」

「這樣啊……那就好。」

就在七緒因刃更的答覆而放下懸著的心，表情變得柔和時。

「！──……」

刃更不禁倒抽一口氣。

大概是在床上休息時，想放輕鬆一點吧。

七緒沒穿制服外套，上半身只有襯衫。

而且可能是腰帶勒著難受，下半身連褲子都沒穿。

——七緒是以男性身分來上學的。

但實際上，她具有每個月會切換性別的特異體質。

聖誕節時她是女性，今天也同樣是女性……或許是這個緣故，襯衫下襬底下若隱若現的，是女性內褲。

且不知是流了汗，還是一開始就沒穿，襯衫底下沒有穿T恤什麼的當內衣。

因此，肌色隱約透出了襯衫。

再加上平時綁的纏胸布多半是因為想盡量放鬆而解開，胸部明顯隆起，這樣根本不可能以男性身分上學。

更危險的是，她對刃更毫不設防，可愛到說是犯規級也不為過。

刃更的眼被她奪去，已是必然的結果。

「啊！……抱歉！」

那視線使七緒想起自己是什麼模樣，羞紅了臉想退開。

「啊————……」

但也許是身體狀況不好，腳沒踩穩地板，身體搖搖晃晃。

第10章
為了更像一家人

「——小心。」

刃更立刻伸手抱住了她。

「啊……對不起喔，東城同學。我……」

「不用在意這種事啦……身體不舒服嗎？」

刃更對滿懷歉意的七緒搖搖頭，雙手抱起瘦小的她，直接送到之前躺的床上去。

並為了確認抱住抱住她時的感覺，手搭上她額頭問：

「真的有點燙耶……生病啦？」

「…………那個，我是……」

七緒用雙手戴回眼鏡，表情有點為難。

「我……是月經來了。」

接著害羞地坦白自己的狀況。

「之前變成女生的時候都只是肚子會痛而已……這樣還是第一次。長谷川老師說這跟之前一樣，給我止痛藥，要我躺著休息。等老師出去以後，我從那個櫃子偷偷拿了一些生理用品來用。那個——」

七緒不安地問：

「我不太知道衛生棉這樣用對不對……東城同學，可以幫我看一下嗎？」

「！……不行啦，那個我也不懂……！」

刃更趕緊用力搖頭。

「…………是喔，也對啦。對不起……拜託你這種事。」

七緒垂下眼，靦腆地笑了笑。

「想不到我的身體會變成這樣……嚇了我一大跳。像胸部啊，就脹得很誇張喔？」

並在胸前交叉雙臂，緊抱自己的身體。

強調那對變得比聖誕節那時更大的胸部。

「！……這、這樣啊……辛苦妳了。」

想也想不到的告白，讓刃更心裡一慌，不知該怎麼回答。

——他和澪她們也同居了一段不短的時間。

並不是對女孩子的月經沒有抵抗力。

不過澪她們都是女生，那都是正常的生理現象。

而七緒的肉體並不固定，刃更對他自然沒有固定的性別認知。

是男是女無所謂，他都是個重要的朋友……這就是刃更心目中的橘七緒。

這並不是謊言。

……可是。

在聖誕夜那場遊戲的指示下，和女性狀態的七緒一起進廁所，讓她穿上女性內衣和制服以後，七緒的性別在刃更心中愈來愈偏向女性。

而現在，聽她坦承自己月經來以後，這傾向更是直線加劇。

覺得七緒真的就是個女孩子。

一這麼想，視線就不自禁地往她胸部、大腿和內褲等地方瞄了。

因為他很清楚女孩的身體是多麼柔軟，多麼舒服。

「我、我是不曉得怎麼處理啦……難過的話，再休息一下比較好吧。」

「嗯……也對，就這樣吧。」

刃更別開視線要她趕快上床，她便乖乖躺上去。

替她蓋上被子後，她說：

「啊……那個，東城同學，有件事想請你幫我一下……可以嗎？」

「好、好哇……只要我幫得上。」

在那水汪汪的眼睛注視下，刃更急忙點頭。

接著──

「…………………」

七緒一語不發地慢慢地將襯衫左右拉開。

胸口到肚臍全露出來之後——

「拜託，我是第一次這樣，有點害怕……」

所以——

「一下下就好了……可以摸摸我的肚子嗎？」

七緒無助地抬眼請求。

說個不可能的假設——假如有普通女生請刃更做一樣的事，他一定會拒絕。並打內線電話到教職員辦公室，問長谷川在不在那。最糟的情況，甚至需要用廣播請長谷川回來。

可是，如果今天是澪她們發生同樣狀況。

刃更無疑會答應。

因為他們有那樣的關係——強烈的信賴和感情。

……既然這樣。

刃更與七緒之間也有堅定不移的信賴。

而如此重要的人，正在請求他的幫助。

那麼答案只有一個。

「…………………好吧。」

刃更答應了。

七緒即使害羞也依然向刃更求助，是因為初經的痛苦和難受讓她怎麼也放不下心吧。

聽澪她們說，有些人在生理期間甚至不想被別人碰。

而現在，七緒卻希望刃更的碰觸。

刃更也說過只要是能幫的就會幫。

他不會讓這種話成為謊言。

於是——

「橘……妳不要勉強自己，慢慢呼吸，身體放鬆。」

「嗯、嗯……」

刃更冷靜下來這麼說，七緒也聽從指示。

接著刃更配合七緒的呼吸，以右手輕撫她的腹部。

「嗯……」

七緒的身體猛然一跳。

「！……還好嗎？」

刃更怕自己沒摸好而停下手。

「嗯……我沒事，你繼續。」

第10章
為了更像一家人

在七緒要求下，刃更的手溫柔滑過七緒的腹部。

不久——

「東城同學的手好大好溫暖……讓我好放心喔。」

七緒有點癢似的扭動身體。

刃更望著這樣的七緒，持續撫摸她柔嫩絲滑的腹部。

「……！……啊……哈啊、嗯……呼嗚……啊啊……♥」

七緒的喘息逐漸變得又嗲又媚……大腿還交蹭起來，胸部一陣陣地顫動。

——刃更知道那是什麼反應。

不會錯，在他的撫摸下，七緒享受著女性的快感。

每當七緒吐出愉悅的熱氣，她脹人的胸就果凍似的搖晃。解開鈕釦露出前身的襯衫也隨那動作漸漸滑開……只見她乳房的尖端已十分鼓脹，看起來是那麼誘人。

但刃更並沒有碰觸七緒的胸。

因為她只要刃更撫摸她發痛的腹部。

「……………………」

於是刃更心想，假如七緒要他摸的是胸部——

那麼他還是會答應吧。

不僅如此，說不定還會把她當澪那樣，以令人迷亂的高潮屈服她。
眼前的七緒就是讓他無法不這麼想，迷人得無話可說的女孩。

4

大概是藥生效了，七緒呼吸平順下來，很快就睡著。
刃更替她蓋上被子，悄悄離開保健室。
才在走廊上鬆一口氣，轉頭就嚇了一跳。
「老師——……」
就在旁邊。保健室門邊。
長谷川千里斜倚著走廊牆壁。
多半是在等刃更出來吧。
這表示——
「老師……妳在這多久了？」
刃更有點尷尬地問。

第10章 為了更像一家人

——保健室是長谷川千里作主的空間。

沒必要特地在外面等。

一定是別有用意才會這麼做。

……難道說。

她是特地讓刃更和橘獨處嗎。

刃更重新查看眼前的長谷川。

自聖誕夜以來半個月不見，感覺格外強烈。

令人大腦當機的絕世美貌，美豔四射的魔鬼身材都不在話下。

今天——

長谷川身上還有更讓刃更驚訝的部分。

「而且……妳怎麼穿這樣？」

長谷川的服裝和平時很不一樣。

下半身不是窄裙，而是黑色的迷你百褶裙。

最可怕的，就是那件強調身體曲線的高領毛衣了。

胸口大膽地開了一個洞，將長谷川豐滿的北半球完全暴露，深邃的乳溝也盡現眼前。

這養眼過頭的裝扮使刃更的臉馬上就紅起來，但眼睛仍無法移開。

「…………好久不見啦，東城。」
長谷川嫣然一笑……將與刃更的間距縮短為零。
一把就抱上去了。
在隨時都可能有人看見的學校走廊上——理所當然地親熱。
接著——
「我想死你了……東城。」
長谷川臉貼上刃更耳鬢，以飢渴口吻如此低語。
——自運動會以來，刃更與長谷川的關係一發不可收拾。
即使沒有結下主從契約，也仍是經過多次類性行為的祕密關係。
雖然嘴上稱呼她「老師」，那些時候的刃更和長谷川絕不是師生關係，完全是男與女。
而現在，長谷川身上沒穿白袍。
表示身為保健室老師的她，現在並不是老師。
——在校內，長谷川只有在刃更面前化為單純的女性時才會脫下白袍。
他們也約好，當白袍褪去，刃更也要放下學生化為男性。
平時他們都會挑時間地點，不過大概是一整個寒假不見的關係——
長谷川已經是慾火焚身了。

第10章
為了更像一家人

「……──────！」

照顧七緒而興奮起來的刃更，全然無法抵擋長谷川的魅力。

現在是午休，走廊原本是人來人往的地方。

可是這裡只能聽見遠處傳來學生嬉笑聲，附近沒有其他人影。

所以──

「老師──……」

刃更也摟住長谷川的腰，往自己身上抱。

「嗯～……呵呵，抱得那麼用力……表示你答應嘍。」

眼裡春情蕩漾的長谷川說完就吻上了刃更。

「嗯、啾……哈啊、東城……嗯唔、咕啾……嗯嗯♥」

唇瓣相觸的親吻，轉眼就成為兩舌瘋纏的濕吻。

這是因為刃更也想要長谷川。兩人都忘卻自己在什麼地方，在走廊吻得濕聲大作。這當中，刃更摟著長谷川腰部的雙手慢慢往下探，一抓又一抓地揉起長谷川的屁股，溫暖與軟嫩頓時溢滿整個手心。

「嗯嗚……哈啊、啊啊啊♥東城……再來要去那裡吧？」

嬌喘著扭動的長谷川，將刃更帶去保健室附近的另一個房間──輔導室。

之前無法在保健室獨處時，就會改到那裡去。

由於大部分情況都是師生一對一在室內獨處，為防發生問題，一般都不會上鎖。為了讓人能從窗口看見室內，窗簾也都用帶鎖的綁帶固定起來。而鑰匙別說學生拿不到，就連教師也借不走，這就是聖坂高中定下的規矩。

——但是，只有長谷川例外。

身為保健室老師的她會在輔導室替學生進行各種諮詢，為保護學生隱私，鑰匙是交給她保管。於是鑰匙一插一扭，解開綁帶拉起窗簾，輔導室就成了專為刃更與長谷川而設的祕密房間。為保險起見，刃更再次確定門鎖上後轉向長谷川。

「————————」

然後愣住了。

不知何時，長谷川已坐在房間中央附滾輪的圓椅上，迷你裙底下的白皙長腿左右大張，猥褻地整個露出包覆一小條黑色內褲的胯下。

「喜歡我穿這樣嗎？這是……特別為你買的喔。」

長谷川開腿挑逗刃更之餘，呵呵笑著將雙手探入毛衣的胸部開口內……右手撩起上端，左手拇指掛在下端乳溝處慢慢扯開。或許是衣服構造使然，那對就快湧出來的乳房原來根本沒穿胸罩，而且——

「————」

大概是真的很想念刃更吧，長谷川的乳頭脹得都把毛衣頂起來了。

「…………來嘛，東城。」

而她就是要用這對淫乳勾引刃更般妖妖一笑，舌頭在唇上抹了幾抹。

「……………………！」

刃更很清楚長谷川的乳房有多軟，肉質多淫蕩。無論是鼓脹的乳頭，還是能將刃更整根吞下的乳溝，都沒有刃更的手和舌頭沒碰過的地方。長谷川提供過無數次性服務的乳房，也熟知刃更陰莖的觸感和精液的熱度。

那對胸部，無疑也是長谷川的性器官。

所以當刃更嚥下口水時，他的胯下已經無可自拔地因期盼與長谷川交歡而極速膨脹，恨不得立刻插進那個洞暴插一通。長谷川也看出刃更心裡的衝動——

「可以喔……這件衣服就是給你這樣用的。」

「…………弄髒老師的衣服不好吧。」

淫笑中夾帶著更為濃烈的肉慾。

儘管嘴上這麼說，刃更的腳依然不受控制地往長谷川走。長谷川也截斷他退路似的說：

「不用介意。我不是早就在保健室和這裡的櫃子裡各準備一套衣服，用來應付這種時候嗎。」

沒錯，這段祕密關係剛開始沒多久，他們就在學校裡到處藏替換衣物。好讓彼此體液可以肆意弄髒衣服。

刃更與長谷川早已是做這種事也理所當然的關係。保健室和輔導室的置物櫃也只有長谷川能開，不必擔心被別人發現。

「再說……這件毛衣是便宜貨，這樣硬撐就縮不回去了。」

所以——

「既然以後也不會繼續穿，那乾脆就——用你的東西徹底弄髒吧。」

長谷川這麼說時，刃更已站在她的眼前。刃更沒有任何反對的理由，於是慢慢拉下拉鍊，扯開內褲掏出來，完全暴露出那脹得快爆炸的鋼柱。聳立到發疼的陽具也渴求著長谷川，隨刃更的脈搏陣陣顫動。

「………啊啊……嗯……♥」

長谷川的眼也為那下流的期待而肉慾橫流，口中發出恍惚的喘息。

「——」

刃更也順長谷川的意，讓她銷魂的乳房吞噬自己的慾望。

運動會後，刃更與長谷川的關係一口氣昇華到十分淫亂的地步。

因為她主動要求刃更，將他對澪幾個同居人懷藏已久的性慾與性衝動，都宣洩在她身上。

而這個要求不只是對刃更有益而已。

自從完全沒有戀愛經驗的長谷川與刃更共浴而一起拋開理智的那天起，她的腦子裡就只剩下刃更了。後來因為兩人是師生關係，她又抑制不了自己的淫慾，苦惱得忍不住向刃更求救。

——要他再做一次浴室那些事，或是更淫褻的行為。

刃更也欠了長谷川不少恩情。

自然是答應了她的請求，跨越男學生與女教師的界線，展開不可告人的男女關係——但仍守著絕不跨越最後底線這項唯一的條件。

兩人始終遵守著這項條件，但滾下山的雪球已經停不住了。

師生關係成了男女關係後，刃更一下子墜入與長谷川沒日沒夜的淫行中……不知不覺沉溺在互相給予極度高潮的肉慾深淵裡。

而長谷川也貪婪地陶醉在取悅刃更之中，要求愈來愈過火，勢不可免地接受起刃更的各種性調教。兩人嘗試著各種玩法，徹底鑽研以手、嘴、胸進行性服務的技術。長谷川對刃更的性調教是樂此不疲，每次與刃更交歡，都使她原本就非比尋常的騷氣變得更淫蕩妖豔。

——在魔界那陣子，刃更大幅增進了與澪幾個的關係。

不僅是單方面屈服她們，她們也開始會主動給予性服務。

但在那之前，刃更都是用長谷川滿足他的性慾。

尤其是在前往魔界的前夕——聖誕夜那天，他在運動會執行委員會的慶功宴後，到她的公寓讓她好好疼愛了一遍。

由於有過這樣的經驗，在魔界與現任魔王派決戰前，刃更才能成功徹底屈服澪她們，加深主從關係並提升戰力。

要是沒有長谷川……沒有她那麼積極地索求，刃更實在無法對澪她們做出那樣的行為。

都是因為長谷川讓他嘗到那麼多縱慾的快樂，刃更才能放任本能的驅使，對澪她們發洩自己的衝動。

……真的是多虧了老師。

刃更感慨萬千地深深感念著這份謝意。

赤裸的他躺在牆邊的雙人座皮沙發，脫下的衣服散亂在地，長谷川的衣服內褲也混在其中。

——如今已是一小時後。

午休早已結束，第五堂課也快上完了。

但刃更依然留在輔導室。當然長谷川也在這，正摟著刃更的腰與他相貼。不過右手是從刃更胯下繞到前面，從背後以銷魂的運指搓揉刃更的陰囊，臉也是湊在胯下。

「嗯……啾、呼……啾噗……咕啾、嗯……啾叭……嗯啾♥」

因淫慾而雙眼迷濛的長谷川，正幸福地吞吐刃更的陰莖。那纏人的舌頭不是為了促使刃更射精，而是在舔去早已射出的精液。

五次——這就是兩人獨處後，刃更在長谷川服侍下射精的次數。此時長谷川的身體比刃更溫暖得多，嘴裡也熱得要讓人融化。原因很簡單，因為刃更讓她高潮的次數足有這數字的三倍。

輔導室是用來將學生導回正軌的地方……但現在，具有師生關係的刃更與長谷川化為單純的一男一女，使這房間瀰漫著他們釋放出的嗆鼻淫靡氣味。

「…………………」

刃更當然明白長谷川對他的心意，但即使事到如今，他還是有那麼點不敢相信。如此美豔……令人目眩神迷的女性，居然會愛上自己，還可以恣意玩弄她的肉體——可是這一切都不是夢境。於是他將手滑入自己與長谷川之間，揉揉她的胸部。高潮上二位數的長谷川全身

布滿濕黏的淫汗，綿軟又沾手的感覺在掌中漫開。豐滿得一手無法掌握的乳房，要以能愛撫乳頭的方式揉才對。所以刃更將長谷川的乳頭置於掌心。長谷川忘情吸吮刃更的陰莖，使那乳頭興奮得又硬又挺，在刃更的手掐揉的同時也不停地摩擦著他的掌心。

「……——嗯嗚♥」

長谷川頓時嬌聲哼氣，身體敏感地產生反應。快感使腰往下傾，因而翹起的屁股調皮地晃動。

「嗯……哈啊、唔……咕啾……呼嗚、嗯……啾……♥」

儘管如此，長谷川的嘴依然緊含著不放。仁慈地任憑小孩惡作劇般，抬起電眼媚然一笑。

——當然，長谷川並不是以屬下身分服侍刃更。

她只是跟從自己對刃更的愛意索求他而已。就算刃更突然發狂把她壓倒，按住四肢粗暴地侵犯她，她也會接受刃更的一切。

他們之間並沒有主從契約。

但長谷川依然穩穩地扶持著刃更……並滿足他的需求。

彷彿在指引一條救贖之路。因此——

「……——謝謝妳，老師。」

刃更輕撫長谷川的頭說。只見長谷川的唇慢慢從刃更陰莖底部滑向尖端，終於停止了她的口部服侍，然後將臉頰邊瀑布般的長長黑髮撩往背後，面泛意猶未盡的淫笑。

「我是自己喜歡才做的，你只管享受就好，不要放在心上。」

「呃，我不是指這個……」

刃更苦笑著回答。他的感謝，並不是針對這淫亂的關係。

「聖誕夜那天，妳不是對我出國的事給了一點建議嗎？要我不要只顧眼前，錯失真正重要的東西。老師這個建議真的在那邊起了很大的作用。剛剛去保健室，就是為了謝謝妳。」

擊退魔神凱歐斯後，由於雷歐哈特的姊姊莉雅菈將所有樞機院的高階魔族全數殺盡，可視為恐危及魔界未來和平的隱憂一口氣少了大半。

然而，背地裡操控魔界已久的樞機院之首貝爾費格，卻是死在刃更手裡。而且不是在最終決戰過後狙殺——是在他最疏忽的決戰前夕暗殺他，不給他見風開溜的機會。

這使得相爭已久的穩健派與現任魔王派，在決戰過後簽訂休戰協議，目前正往結盟方向前進。

短時間內，澪再度捲入魔界政治問題的風險應該變得很低才對。

……順利的話。

說不定此後可以完全不考慮魔族方面的風險。

第10章 為了更像一家人

這時——

「這樣啊……很高興能幫上你的忙。」

長谷川開心地笑瞇了眼。

「不過建議就只是建議而已。你在旅途中的收穫，都是因為你自己懂得去詮釋或理解而得來的。」

的確，暗殺貝爾費格一事長谷川一個字也沒提到。

純粹是刃更自己獨力計畫，並加以實行。

可是——

「就算是這樣……我在那邊想法能保持彈性，做好每一件事，都是因為之前有老師的建議。」

因此——

「真的……非常感謝妳。」

東城刃更鄭重道出感謝之詞。

於是——

「……既然你都這麼說了，那就這樣吧。你的感謝對我來說，是最讓我高興的事。」

長谷川呵呵笑起來。

「話說回來……如果你想報恩的話，我有一個小心願。」

「有什麼要求儘管說，我也很想幫上老師的忙。」

聽他這麼說，長谷川很開心。

「這樣啊。你出國的時候跟成瀨她們玩得很開心吧？所以，我想約你出去走走。」

「出去走走……是旅行嗎？」

「是啊。整個寒假都見不到你，害我寂寞死了。可以吧？」

長谷川往刃更身上躺，撒嬌著說。

「和老師旅行啊——」

「沒有出國那麼誇張。第三學期都開始了，等到春假又太久。可是當天來回的輕旅行我可不要喔，沒過夜不算數。」

所以——

「東城啊，去溫泉旅館怎麼樣？就你跟我。」

和長谷川在溫泉旅館過一宿是什麼意思，是明擺著的。

「…………………」

儘管魔族方面的風險大降，但也不能真的完全放心。

老實說，刃更很想避免自己不在家的情況，可是欠了長谷川大人情也是事實。如果實現

她的願望可以姑且報救命之恩，刃更當然是義不容辭。

……況且。

與雷歐哈特決戰時，雪菈的藥劑使刃更的魔族血統活性化，觸及魔劍布倫希爾德的部分「記憶」。

所以刃更已經知道了長谷川千里的祕密——她的真實身分。

這解釋了如此美豔的成熟女性為何會對刃更有那麼深的感情。當然，她自己對刃更的確是有強烈的思慕。

但藏在這底下的，是刃更出生的背景。

因此，這想必會是一個好機會。

讓長谷川從深埋心中已久的祕密和煎熬中解放出來。

於是——

「…………知道了。老師，就來個溫泉旅行吧。」

刃更笑著回答。

「真的嗎……太棒了。」

長谷川臉上滿是喜悅。

「那就把這週末空出來吧，地方我來挑。」

「好……」

刃更頷首時，輔導室中響起一陣電子聲。

同時也響遍了全校。

是宣告第五堂課結束的鐘聲。

5

放學後。

澪照常和刃更和柚希一起回家。

從制服換成便服，自然而然與所有人聚在客廳，在沙發上聊這天的事——這就是他們在這個家生活的例行公事。

澪、刃更、柚希聊學校的事。

萬理亞、胡桃和潔絲特三人報告家裡或出門購物時的事，彼此確認是否有問題發生。

於是澪也講了今天學校的事。

發生在午休時段。

第10章
為了更像一家人

「我們班上有兩個女同學好像對刃更、柚希和我同居的事很好奇，想來我們家玩。拒絕她們好像也不太對，應該可以吧？」

聊起這件事時柚希在場，回家路上也跟刃更說過了。

所以這句話是對萬理亞、胡桃與潔絲特三人問的。

頭一個答應的，是胡桃。

「應該沒關係吧？當然地下室是不能給她們看啦……那邊的門，潔絲特隨便都能用魔法處理吧？」

「是的，當然可以。」

潔絲特點頭回答：

「澪大人的朋友，也就是刃更主人和柚希小姐的同學吧。我只是侍女，只要各位覺得沒問題，我自當用最高級的方式來款待。」

「那太好了，不過不要歡迎得太誇張喔，她們都只是普通的高中生。要是妳真的認真弄起來，恐怕會嚇到她們。還有──」

刃更說道：

「就藉這個機會，把潔絲特的身分設定成我媽的遠房親戚好了。現在是來到這邊留學，住在我們家這樣。可以的話，在人前盡量不要像平常一樣那麼恭敬，用朋友語氣說話比較好……」

「演這種內心戲我很在行，可是潔絲特太認真了，可能有點難喔。」

萬理亞說：

「就外表年齡來說，潔絲特比刃更哥大……妳能夠直呼刃更哥的名字嗎？」

「…………只要刃更主人要求的話。」

潔絲特表情立刻沉了下來。

「還是別這樣了。以潔絲特的個性來說，一定會覺得對不起刃更。」

柚希冷靜分析道：

「在我們朋友面前觸發主從契約詛咒的事，最好還是避免。」

「也對……那麼潔絲特，當作刃更的媽媽那邊對妳有很大的恩情怎麼樣？要是設成刃更對妳有恩，她們可能會想問，他媽媽家那邊就能混過去了。」

澪如此建議。

「說得也是。如果問她家是做什麼的，說資產家就行了。」

萬理亞點著頭說：

「當成她和迅叔叔私奔結婚，現在跟家裡斷絕關係的話，她們應該不會再繼續問下去。當然，得先經過刃更哥的同意。」

第⑩章
為了更像一家人

「我是無所謂。其實別人看來也是這種感覺吧。」

「那以後可以都用這樣來解釋我們的關係吧。我和姊姊是真的姊妹，萬理亞也可以照原來那樣繼續當澪的妹妹。」

胡桃接著問：

「所以說，要來的是澪和姊姊的朋友？」

「對，相川和榊。」

「…………」

「…………」

柚希一說出那兩名少女的名字，萬理亞和潔絲特臉色就黯淡下來。

澪知道那是為什麼。

——早前，佐基爾還想抓澪時。

他利用了相川和榊。

操縱她們的精神，設陷阱誘使澪心生嫉妒，卑鄙地拖遲她的腳步。

而萬理亞和潔絲特一個是動手操縱的人，一個是傳令的人。

不過，這一切都是出於佐基爾所逼。

當時潔絲特是性命握在佐基爾手裡的屬下，而萬理亞的母親雪菈也被他抓去作人質，兩人不得不從。

而就是那個陷阱使澪落入她們手裡，陷入絕境。

但刃更仍藉由自己的機智與瀧川的協助，成功救出了澪與雪菈。

最後甚至擊殺佐基爾。

萬理亞原想引咎離開，但受到他們的挽留。後來在魔界再次遇見潔絲特後，也將她納為夥伴。

因此，這裡每個人都知道，事情早就過去了。

可是——

「……………嗯……哈啊、嗯嗚……啊……啊啊……………！」

儘管如此，仍有人不住地難受喘息。

「潔絲特……」

「嗯……對、對不起……我、我……」

撐在沙發旁邊勉強站著的潔絲特說完就一屁股跌在地上。

她是想起過去對刃更做的壞事，心裡產生愧疚了吧。

在魔界，雪菈給了她能抑制主從契約詛咒催淫效果的藥劑，但那是給她在決戰現任魔王派時作保險的，只能在魔素濃度高，能使魔族發揮原來力量的魔界使用。

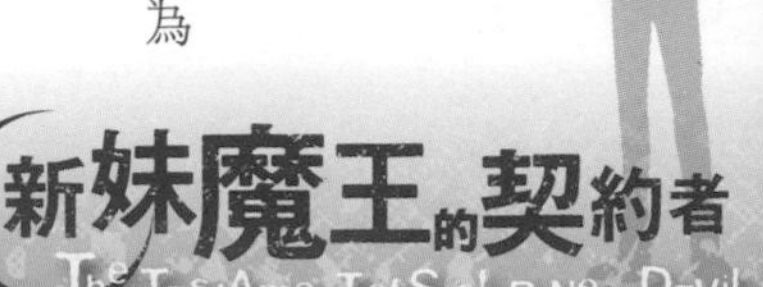

第10章 為了更像一家人

個性認真的潔絲特，跟他們返回人界一起生活的第二天就觸發了好幾次詛咒。

而現在，她的頸部又浮現項圈狀斑紋。

坐在一旁的澪起身來到潔絲特身邊蹲下。

從旁緊抱她道歉：

「對不起喔，潔絲特……我就知道會害妳變成這樣。」

澪也明白邀請相川和榊來家裡玩會發生這種事。

萬理亞和潔絲特都沒有忘記自己過去所為。

未與刃更結下主從契約的萬理亞儘管不會觸發詛咒，也仍滿懷歉疚地低著頭，即可證明這一點。

「……………萬理亞。」

來到萬理亞身邊安慰她的，是柚希。

她溫柔地呼喚，並輕摟她的肩。

「………………………」

在平時，當她們痛苦時總是第一個趕過去協助的刃更，在這種情況下卻仍坐在沙發上不說話。

——刃更並不是沒有原諒她們。

是因為回家路上，澪已經事先如此請求。

邀請相川和榊到家裡玩，萬理亞和潔絲特一定對自己過去的行為感到內疚。但首先，請先交給她們來處理。

「潔絲特……還有萬理亞，妳們聽好。」

澪暗自感謝著刃更的配合，對為過去悔恨的兩人說道：

「我知道妳們心中對佐基爾那些事仍有陰影，不會要妳們說忘記就忘記。」

可是——

「就跟妳們覺得對不起我跟刃更一樣……我們對刃更也有抹不去的愧疚。」

澪這麼說之後，對柚希和胡桃投出徵求同意的視線。

「…………」

「…………」

兩人也低垂雙眼表示同意。

沒錯，澪她們也跟萬理亞和潔絲特一樣。

柚希在刃更遭「村落」放逐時，只能旁觀。

胡桃曾因一時誤會，對刃更懷恨在心。

……然後。

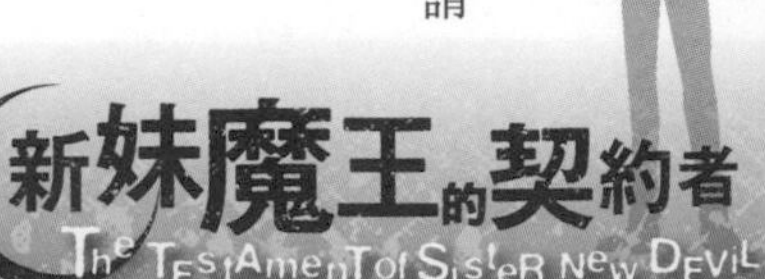

澪過去也曾和萬理亞一起欺騙刃更。

不僅如此——

「在我們之中，給刃更添最多麻煩的……肯定是我自己。」

難道不是嗎。是她將失去勇者身分，以普通高中生方式過活的刃更捲入有生命危險的狀況裡。

她並沒有「全都怪我」這種傲慢的自戀想法。

……可是。

即使如此，大部分仍無疑是與澪有關。

於是澪以自己的身體證明這個事實。

方法很簡單，想想就行。

就在澪深感自己使刃更陷入生命危險的下一刻——

「…………嗯！……啊啊……啊啊啊啊啊啊……」

嘴裡洩出了極度難耐的聲音。

抱著潔絲特的她，也重度觸發了主從契約的詛咒。

刃更看著澪和潔絲特四肢交纏著雙雙倒在客廳地上。

詛咒發動已久的潔絲特渾身無力，無法扶持催淫狀態更強烈的澪。

「！————澪大人！」

萬理亞趕緊衝到澪身邊，刃更也跟過去。

並在她們身旁蹲下。

「澪……潔絲特，還行嗎？」

「……嗯……刃更主人……先別管我，澪大人她……」

眼中淫慾蕩漾的潔絲特試圖起身並回答。

她也是詛咒發動的狀態。

現在澪的催淫狀態卻強烈到連潔絲特都擔心她。

項圈狀斑紋甚至透過包圍頸部的黑色高領毛衣，浮現清晰的光芒。

且表情已痴態盡露，雙眼完全失焦。

「……澪，聽得見嗎？」

「……啊……哈啊、嗯……啊啊……嗯嗚……♥」

刃更近距離注視她的臉喊她，但沒有任何反應，只是一味吐出火燙的嬌喘。

見狀，刃更輕撫她的臉頰。

第10章
為了更像一家人

「！————呼啊啊啊啊啊啊啊啊啊啊啊啊啊啊啊啊啊啊啊啊♥」

僅是如此，澪就媚叫著高仰白喉，全身劇烈反弓，同時全身噴發出濃濃的甜酸。往下一看，因倒地而翻起的裙子底下，粉紅色內褲的胯下部分，已有大片女性淫蜜濕痕。顯然刃更光是碰碰她的臉頰，就讓她劇烈高潮了。

可是，才剛享受到急劇感官刺激的她表情卻相當苦痛。

快感來得太急太強，成為了痛苦。

「天、天啊……澪這樣沒事嗎？」

澪的模樣使胡桃擔心得焦急起來。

這也難怪。與刃更結下主從契約的澪因詛咒發動而陷入催淫狀態的事，至今已發生無數次，可是這麼強烈的還是第一次。

「…………………！」

看著這樣的澪，刃更拚命地保持冷靜。因為這是澪自身所願。

「澪大人……為什麼要這樣？」

萬理亞都快急哭了。

「————她是為了開導妳和潔絲特。」

與澪一起回家而知道其用意的柚希回答。

儘管語氣平靜，表情仍因擔心澪的狀況而糾結。

「我和潔絲特……？」

「對。相川和榊說想來我們家玩的時候……澪就擔心妳們會想起佐基爾的事了。」

刃更開始對依言回問的萬理亞解釋事情經過。

「佐基爾那件事已經過去了，其實沒必要耿耿於懷，可是人本來就忘不了那種強烈的悔恨。這點，這裡每個人也都懂。」

刃更也是背負過往的強烈悔恨而活的人。

——從前，勇者一族的「村落」發生了一場悲劇。

年幼的刃更還使得悲劇加重。

當時的事，當時的悔恨，刃更都要背負一輩子。

這也是莫可奈何，畢竟無法抹滅曾經發生的過去。

「萬理亞、潔絲特……我們是夥伴，也是一家人。雖然認識的時間並不久，但我們應該都對彼此有足夠的認識。」

說到這裡，刃更望向被佐基爾的陰影糾纏，困於過去的兩人。

萬理亞平時愛出鬼點子，骨子裡卻很耿直。

潔絲特則是一直都非常認真。

第10章 為了更像一家人

「不管我跟澪講幾次別放在心上，妳們都不會原諒自己吧。可是，要是永遠都困在過去的悔恨裡走不出來，不管是像現在這樣聚在一起還是往後的未來，妳們都只會一直這樣煎熬下去。」

所以——

「澪打算開導妳們。她無法消除妳們的痛苦……可是，至少能幫妳們分擔。」

這是因為——

「痛苦的不只是妳們而已，她也和妳們一樣。她想讓妳們真正了解這點……想要擁抱妳們。這都是她自己的話。」

原本該擔任這個角色的，是刃更才對。

他也很想讓萬理亞和潔絲特理解沒必要獨自受苦。

可是很遺憾，他做不到。

因為他與她們有決定性的差異。

性別不同，種族不同，主從契約也造成了不同立場。

只能口頭相勸，無法在真正意義上設身處地引導她們。

所以澪主動請纓，要擔任這角色。

儘管萬理亞和潔絲特都敬重澪這位前任魔王的女兒，但事實上她對刃更的罪惡感比她們都強——自認同樣是傷害過他的人。

而現在，澪正以自己的身體證明她的歉疚。

觸發了強度前所未有的主從契約詛咒。

能做到這點，即表示她對刃更和萬理亞她們用情就是這麼深。

「澪大人——」

目睹澪的關懷與覺悟後，萬理亞的聲音都因哭泣而顫抖了。

刃更手輕輕搭上萬理亞的肩說：

「我再說一次——我們都是一家人。無論和一般人差多少，不管別人怎麼說，我都是這麼想。」

所以在此宣告。

「要是妳們還是無法相信這件事，下次就換我來。」

成瀨澪、野中柚希、成瀨萬理亞、野中胡桃和潔絲特。

東城刃更會告訴她們，她們在他心中是如何重要，絕無退讓的餘地。

接著——

『————————』

澪以外的四人也呼應刃更的意念，以不帶半分猶疑的眼神注視他。

只有萬理亞和潔絲特的眼角泛著淚水。

相川和榊來了以後，萬理亞和潔絲特都必定會想起佐基爾的事。

但無所謂，到時候再處理就行。

以接下來幫助澪的方式處理就行。

至少現在——萬理亞和潔絲特的眼裡都只有「家人」。

映在眼中的不是過去，而是「現在」。

於是他說：

「那開始吧……我們一起幫澪解脫。」

6

當澪加深意識對刃更的歉意，刻意引發強烈詛咒的那一刻。

兩種感覺侵襲了她。

一是要令人發狂的甜蜜酸楚。

另一種是欲裂的激烈頭痛。

就此昏厥前，澪下意識明白了頭痛的來由。

是催淫的感覺太過強烈，使大腦超過負荷了。

——過去，澪為了向刃更屈服，體驗過無數次高潮。

儘管仍未跨過最後底線，性敏感也早已被開發到人類的上限。在魔界，甚至光是心想刃更要碰觸她的胸部就會在實際接觸前高潮。對快感的抵抗力與辨識力，應該是遠超過常人不知多少倍才對。

可是，刻意強烈發動的主從契約詛咒卻造成了連澪也無法忍受的催淫效果。假如結主從契約那一次就是這種強度的催淫……澪說不定會承受不了而當場殞命。

即使需要冒這麼大的險，澪也毫不後悔。

因為她讓萬理亞和潔絲特明白了她的想法。

意識恍惚中——

……這麼一來……

澪以自身證明，她對刃更帶來的麻煩比她們更大。

以及萬理亞和潔絲特不必再為過去感到自卑。

——對重視之人的強烈悔恨會造成距離，使自己愈來愈孤立。

澪其實也無法直接消去萬理亞和潔絲特心中的悔恨。

第10章 為了更像一家人

即使如此，她也不願見到兩人在內心深處刻意與她保持距離。

她知道自己這樣做很危險。

但是心裡沒有一絲不安。這不是當然的嗎。

成瀨澪不是一個人。

主從契約的詛咒發動得再強烈也不怕。

因為有個不容違抗的人，總會給她比那更強烈的快感來拯救她，使她屈服。

那就是東城刃更。

於是——

「————嗯、啾……哈啊……嗯唔……啊啊……啾噗。」

恢復意識時，澪正勾動著舌頭瘋狂擁吻。

對方是誰，自是不需多言。

他們都只穿一條內褲，澪以面對面的姿勢盤坐在他大腿上，被他結實的臂膀抱著腰。沒有實際插入，就只是以對面坐姿坐在巨床上。身體熱得像有烈日曝曬，可是並不難受……反而是那麼地甜美飄然。

然而，洋溢心中的恍惚幸福並不只是因為如此。

……啊……

她感到有個又粗又硬的物體抵在下腹，內褲裡與臍邊也沾滿了溫熱液體——知道那是什麼的澪，從自己使他射精的事實得到一股令人發顫的喜悅。

究竟是這樣多久了呢。

不用看，澪也知道自己的股間濕熱得一塌糊塗。少說已經有過十次以上劇烈高潮，不然絕不可能變成這樣。

在如此縱慾的淫褻狀況下——

「……………嗯……哈啊……哥哥、嗯嗚……咕啾……啊啊……哥哥～♥」

澪撒嬌似的吻得更激烈了。雙手環抱他的頸，雙腿緊鉗住他的腰，使彼此更加緊貼。澪肥大的乳房，在他的胸膛擠成下流的形狀。那是出於貪求的本能性擁抱，而現在的澪敏感到僅僅如此就能使快感衝頂——

「嗯啾……啊啊！啊啊啊啊啊啊啊啊啊……♥」

光是緊抱就造成的高潮，使澪全身亂顫著反仰，臉上完全是墮入快感淵藪的淫浪表情。但儘管如此，澪依然意識清晰，就只是完全拋開理智。這是當然，因為就是眼前這人使她變成了這麼一個無比淫亂的少女。

第10章
為了更像一家人

「…………啊……啊啊……嗯……」

高潮的感官波動逐漸緩和，澪洩出長長的熱氣。

「——還好嗎？」

而他——刃更像是注意到她的變化，輕聲問道。澪從他關切的語氣感到的不只是溫柔，還下意識地想向他無條件服從。

「嗯……嗯……」

點頭之後，澪覺得刃更真的是自己至高無上的主人，不禁心生畏懼。

「……對、了……我、在客廳……想開導萬理亞和潔絲特……」

這時她才總算想起自己為何會處在這種狀態。

「其他人呢……？」

就在她眼神渙散地這麼問時——

「——呀、啊啊、啊啊啊啊啊啊啊啊啊啊啊啊啊……♥」

背後傳來高潮的媚叫，澪轉動被快感溶化的腦袋。

見到的是難以置信的畫面。

巨床上不只是澪和刃更，她所擔心的萬理亞和潔絲特，以及柚希跟胡桃都在。她們似乎都陷入劇烈的催淫狀態，又用了雪菈送的夢魔特製用品。

剛才高潮的，是潔絲特。

她的弱點——耳朵裝上了特殊的震動耳機，雙手玩弄著自己的胸部，雙眼失焦地望著半空蠕動。最右邊的柚希趴著在床上，穿著具催淫效果又會緊縮的內褲，雙手往後瘋狂抓揉那翹高的屁股。最左邊的胡桃兩腋貼上了能刺激快感中樞的電擊貼片，腰臀不受控制地擺動。至於萬理亞，則是將塗滿夢魔特製催淫潤滑液的雙手插進內褲，摳弄她最敏感的部位。

「————————」

這淫靡過頭的情境讓澪一時啞然無語，而與她望著同樣方向的刃更說道：

「這是萬理亞的主意。妳不是想告訴她們，妳和萬理亞跟潔絲特都有同樣的痛苦，而且妳還比她們深，盡可能讓她們好過一點嗎？所以萬理亞也做了同樣的事。」

究竟是什麼意思呢。

「妳們五個裡面，妳跟胡桃對性行為的羞恥心最強……這樣的妳，為了萬理亞和潔絲特主動陷入催淫狀態，而且是明知要當著所有人的面對我屈服的狀況下。」

夢魔族的萬理亞淫性深重，柚希為了刃更什麼都敢做，潔絲特甘願以侍女身分對刃更進行各種性服務。與她們三人相比，澪和胡桃的確只是有些抵抗力可言，在性格上對這樣的淫行還是比較畏縮。因此——

「所以為了消除妳的羞恥心，她們要做出更可恥的行為……而且是在妳面前做。柚希和

胡桃也都下海了。」

刃更才剛這麼說——

「！……啊、我已……哈啊啊啊啊啊啊啊啊啊啊啊♥」

「呀、我也……要去、呼啊啊啊啊啊啊啊啊啊啊啊♥」

不愧是姊妹情深，柚希和胡桃不約而同地高潮。

「……………………………！」

姊妹倆高潮的淫相也使澪下意識嚥嚥口水，眼睛離不開淫慾横流的兩人。

「……啊、哈啊……澪大人……」

澪接著聽見萬理亞的嬌喘，對上視線時——那年幼的夢魔也即將迎接高潮的一刻。

「嗯……看清楚我害羞的樣子喔……澪大人一定也都是、這樣的！」

萬理亞的表情已經完全痴傻，眼角的淚水堆滿了享樂的喜悅以及對澪的感謝。

「……澪，我看就由妳來下令，讓萬理亞解脫吧。」

刃更從背後溫柔地緊抱她，附耳低語。

——澪了解那是什麼意思。

而刃更是澪至高無上的主人，於是——

「好吧，萬理亞……我准妳高潮。」

澪開口要求這位當親妹妹一樣看待的少女達到高潮。

雙眼濕濡的萬理亞也點了頭，內褲中雙手動作一口氣激烈起來——

「！——♥」

軀體稚嫩的萬理亞腰臀暴抬，在澪眼前衝上快感的頂峰。

7

刃更和澪一起目睹萬理亞等四人淫蕩的自慰景象。

獲得極度快感的她們無暇顧忌刃更和澪的視線。為了盡可能接近強烈觸發主從契約詛咒的澪，萬理亞使用了夢魔的洗禮，還用鏡子施加在自己身上。

萬理亞的力量也在魔界獲得了飛躍性的提升，如今威力完全不是前陣子用在胡桃身上的能比。而且——她們不是第一次自慰到高潮，早已高達將近二十次了。可是——

……澪不太可能會知道吧。

這也難怪，因為澪觸發的主從契約就是那麼強烈。

於是刃更才將澪搬到地下室的巨床上，所有人一起替她脫衣。

後來她沒多久便恢復意識……但那之前劇烈的催淫使澪的意識陷入失神狀態，除快感之外一點知覺也沒有。

而那即是她心繫萬理亞和潔絲特的代價。

因此，為了讓澪恢復意識，刃更徹徹底底地屈服了她。

攻擊她的弱點胸部，便輕而易舉地讓她高潮好幾次……可是這種程度的高潮次數再多，也完全削弱不了澪的詛咒。別無他法的刃更只好將自己的鋼柱插進她的內褲，不斷摩擦她最敏感的陰戶，使澪深刻體會刃更是她的主人。因反覆射精而注滿內褲的炙熱白濁液，和澪的大量愛液混成最淫褻的潤滑液。於如此狀態下持續抽插，使刃更和澪的快感更加升級……在刃更順從極度高漲的衝動將澪射得滿肚子精液時，澪才總算認得出刃更，然後「哥哥♥哥哥♥」地連聲嬌喘，配合動作一起扭腰……刃更也注意角度以免不慎插入，不停以龜頭尖端刺激她的洞門。持續到反覆高潮的她愛液摻和到像麥芽糖一樣黏稠，高潮也像呼吸一樣自然時，澪才終於擺脫主從契約的詛咒。或許是她又屈服地更加深入，甚至提升了所有人的力量。

但她依然沒有恢復神智，只顧向刃更索要，刃更也給了她濃烈的濕吻——十幾分鐘後，澪才終於清醒過來。

——另一方面。

萬理亞她們，也在刃更屈服澪的同時開始自慰。主從契約的詛咒是在她們向主人刃更屈服時就會解除，而夢魔的洗禮則是需要滿足設定條件才會失效。

這次——萬理亞等人為澪討論出的解除條件，是得到比「澪恢復神智而發現自己在眾人面前屈服」更大的羞恥。

……看樣子，應該是沒問題了。

倒在床上的萬理亞幾個，表情雖因淫慾而妖媚，卻不痛苦。幸虧澪完全失去理性而進入失神狀態，對這段時間發生的事渾然不覺，羞恥的概念與理性一同消失，所以施加於四人身上的洗禮早就解除了。

刃更也將這件事，連同萬理亞她們的心意一起告訴澪。

以及她的努力沒有白費，萬理亞和潔絲特都釋懷了。

於是——

「…………這、這樣啊……太好了……」

澪在成功幫助兩名家人而鬆口氣後，繼續注視萬理亞她們。

「——刃更，萬理亞她們這樣自己來，你覺得怎麼樣？」

片刻，澪忽然在刃更懷裡抬眼這麼問。

「怎麼樣啊……」

「…………有讓你，興奮嗎？」

在澪的注視下，刃更回答：

「這個啊……嗯，有啦。」

說謊也沒用。第一次見到萬理亞她們如此痴淫的模樣，刃更簡直興奮得不得了。誠實回答後——

「…………就是啊，我就知道……——嗯♥」

表示贊同的澪身體忽而輕顫。仔細一看，脖子上淡淡浮現出主從契約的詛咒。

「澪，妳……」

澪多半是因為萬理亞她們做了她沒做過的事，有些吃味了。聽說她知道胡桃和潔絲特在魔界搶先她給予刃更性服務時，也觸發過主從詛咒，當時是用雪菈的藥壓制詛咒的。

……回到這裡以後，就沒那種東西能用了吧。

所以先前澪才會被肉慾的漩渦吞沒得那麼深。

——不過現在，就只是詛咒剛發動而已。

只要澪能平復心情，不再嫉妒萬理亞她們就沒事了，而且澪自己也很清楚這種主從契約的運作方式。

「嗯……刃更……我不要只有自己不一樣……」

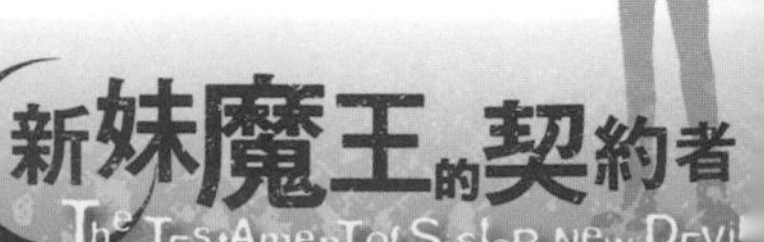

第10章 為了更像一家人

然而澪這麼說之後，把頭往刃更胸口上靠。當她抬起頭——其雙眼已被深濃的肉慾浸濕，表情既飢渴又嬌羞——

「哥哥……你也看我嘛。」

儘管害羞，澪依然說出極為下流的請求。

「——————」

那樣的言行與表情也讓刃更興奮飆漲，不僅吞吞口水，而那也是默許的表現。

「…………可以的話，就命令我吧。」

接著，澪向請求刃更的強制令。

刃更便以主人身分，向澪這個口出淫穢請求的屬下說：

「——澪，妳自己弄給我看。」

在現在的刃更與澪之間，這句話是不可違逆。

澪順從地點頭答是。

接著緩緩張開雙腿，手往自己最敏感的部位移去。

左手抓胸。

右手探進依然濕熱的內褲裡。

然後——

「要是哥哥受不了……愛怎麼樣都可以喔。」

澪蠱媚一笑，就此在刃更面前自慰起來。

浸淫著肉慾的眼——

看見的沒有後悔，純粹是眼前的刃更。

第11章 潔絲特反省中

目送刃更、澪、柚希三人出門上學後。

潔絲特回到東城家客廳，做這天的家事。

萬理亞正坐在沙發上，盯著桌上的筆電螢幕，煩惱地緊鎖眉頭低語：

「嗯……到底要選哪個好咧～」

「…………萬理亞，又在玩色情遊戲嗎？」

「才不是咧，潔絲特！完全不是！」

萬理亞失望地轉向語氣唏噓的潔絲特說：

「我是在想最適合胡桃的禮物啦。」

「胡桃小姐的……？」

潔絲特側眼看著窗外院子裡的胡桃不怠忽訓練，在院子裡和精靈接觸的樣子，來到萬理亞身邊。

往她所盯的筆電螢幕一看，見到的是低頻按摩器。

「我不記得胡桃小姐對肉體的疲勞表達過任何不滿呀？」

東城家所有人的健康管理是侍女潔絲特的職責所在，胡桃當然也包含在內，並不限於主人刃更。

而回答是——

「不對不對，我是要給胡桃在刃更哥調教她的時候用的啦。」

「調教胡桃小姐的時候啊……」

潔絲特重複著萬理亞的話思考起來。

——萬理亞是打算把這台機器貼在胡桃最脆弱的腋下吧。

可是——

「萬理亞……胡桃小姐並沒有和刃更主人結主從契約，再加上她的個性，不要亂來比較好喔。」

「潔絲特……這樣想就不對了。」

潔絲特說出她的疑慮後，萬理亞不敢恭維地嘆道：

「胡桃是還沒跟刃更哥結主從契約沒錯，可是以後的事情還很難說吧？」

「這——……」

潔絲特也無法否定未來的可能，一時語塞。

第11章
潔絲特反省中

「要是結了以後，只有她一個對刃更哥的屈服度特別低怎麼辦？多半會覺得自己和澪大人、柚希姊甚至潔絲特妳差很多，扯了大家後腿，然後開始怪罪自己，心裡難過得要死。難到妳要眼睜睜看這種事發生嗎？」

「——————」

萬理亞的話讓潔絲特傻住了。

——在魔界與刃更等人再會時。

胡桃夾在勇者一族的使命與自身感情之間，心裡非常痛苦。

沒結主從契約的她也想和大家一樣，最後是潔絲特和刃更一起安慰她。

雖然那暫且消解了胡桃的痛苦，但若想真正地讓她擺脫這個夢魘，那就不能依靠替代品，非得實際和刃更結下主從契約不可。

……我真是太愚蠢了。

潔絲特深深地反省——猛烈地反省。

現在礙於各種苦衷，或許是還不能結約沒錯。

可是狀況隨時都可能改變。

屆時只有胡桃一個落單的情況，非得設法避免不可。

「所以了，潔絲特。為了不讓胡桃以後單獨難受，我要買下這台按摩器，改造成調教器具。」

萬理亞說道：

「這個東西……可以用家庭開銷的卡來刷嗎？」

「……——那當然。」

潔絲特立刻點頭。

……太好了，這樣胡桃小姐就不會難過了吧。

所謂危險總潛藏在日常之中，真是千鈞一髮。

接著——

「潔絲特……這個東西可以加錢讓它隔天就送到，可以嗎？」

「花多少都沒關係，請在備註上註記要盡快送到。」

潔絲特勢在必行般對萬理亞說道。

……再等一下下就好，胡桃小姐……

潔絲特望著在窗外院子裡訓練的胡桃立誓。

絕不能讓那麼可愛的女孩難過。

要趕快呈請刃更，在今夜把胡桃徹底調教一番才行。

第12章
在夢中學習初體驗

第12章
在夢中學習初體驗

東城家偶爾也會有刃更不在家的時候。

在這種情況下，與他結有主從契約的澪、柚希和潔絲特，可以直接感應主人的位置。

不過她們都不會去找。

因為任誰都有需要隱私的時候。

所以刃更不在時，澪她們也會各自做自己的事。

某天夜晚就是這樣——澪出浴後只裹著一條浴巾來到廚房，從冰箱拿出盒裝鮮乳。

「那個，澪大人……能占用您一點時間嗎？」

「嗯？怎麼啦，潔絲特？」

澪對語氣恭敬的潔絲特詢問事由。

「其實……也算不上什麼問題，只是有件事我有點好奇。」

說到這裡，潔絲特將澪帶到客廳。

只見萬理亞戴著圖案詭異的眼罩躺在沙發上，圖坦卡門似的雙手交叉於胸口，用不知道在端正什麼的姿勢睡覺。

「…………唔呼、唔呵呵、唔噗噗噗……哎呀真棒，真是太棒啦～～」

這蘿莉色夢魔還不時說些噁心的夢話，扭來扭去。

「這……或許不是問題啦，可是有點礙眼耶。」

「是的。我也覺得放她在這裡睡好像不太好。」

在客廳沙發睡覺，並不是什麼需要責罵的事。

然而這樣睡也未免太詭異了。

好心的潔絲特大概是不忍心叫醒她吧。

「好，讓我來……夠了吧，萬理亞，要睡回自己房間床上睡。」

於是澪代替潔絲特搖搖萬理亞的肩。

「嗯哼……放心啦，刃更哥。澪大人的『不要』就是『快點』的意思……趕快狠狠奪走澪大人的貞操，讓她變成淫蕩的大人吧。」

「！————妳亂作那什麼夢啊！」

澪的右拳直接砸在萬理亞的腦門上。

「呃啊好痛！……咦，澪大人？搞什麼東西啊……好戲正要上場的說～」

萬理亞往上扯開眼罩不滿地說。

澪對這不知反省的蘿莉色夢魔嘆了口氣。

「拜託喔……不要隨便在夢裡把別人拿來玩好不好。」

「誤會可大了，澪大人。我不是在玩，這是一種睡眠學習法，或者應該說『睡眠預習』才對。」

「那什麼東西……？」

「和刃更哥結了主從契約的澪大人妳們，不是做了很多色色的事來向他屈服，才變得像現在這麼強嗎？身為夢魔的我，和從露綺亞姊姊那收下黑色元素珠的胡桃也一樣。對我們幾個來說啊，色色的事堪稱是不做不行的日常所需了。」

「這個嘛……是啦。」

「…………這種事，我的確是無法否認。」

澪和潔絲特都紅著臉認同振振有詞的萬理亞。

——萬理亞說的是事實沒錯。

為了變強，澪她們與刃更進行過無數次淫行。

她們當初並沒有特別喜歡這種事。

有好幾次是急需面對強敵，必須提升戰力而不得不為。

……可是。

從魔界回來以後，澪也發現彼此之間的道德觀愈來愈鬆。與刃更進行淫行而向他屈服時，她們肯定都是樂在其中。

每當刃更觸摸她們的胸臀時，喜悅總是勝過羞赧；她們服侍刃更射精時，甚至幸福到渾身發抖。

她們也了解這只是普通的男女關係，不是家人之間的關係。

但同時，她們還是願意為刃更做任何事，並對自己如此的愛意感到驕傲。

就算那是無法對他人炫耀的祕密關係也一樣。

接著——

「目前，澪大人妳們還有失去力量的風險，不能跨過最後底線……可是，一定有方法可以解決這個問題才對。」

「也就是說，我們——」

「——可以和刃更主人交合了？」

聽了萬理亞的話，澪和潔絲特都不敢置信地互看起來。

當然……她們都夢想過這一天。

在真正意義上成為刃更的人。

那是她們如今最大的心願。

第12章
在夢中學習初體驗

「可是，如果真的到了那一刻卻不得要領……那就是天底下最掃興的事了。」

萬理亞說道：

「澪大人，妳們都有各自的弱點。也就是說，選擇一個能在與刃更哥結合時方便他刺激弱點的體位非常重要。」

「……是這樣的嗎？」

「那當然呀，潔絲特。畢竟我們不曉得自己會在什麼情況下跟刃更哥結合，甚至有可能全部一起上，不一定是一個一個來呢。」

所以——

「當那一刻來臨時……妳們要在床上躺成一排，說刃更哥請插嗎？大家都沒經驗，第一次就用不對的體位硬來，兩個人都一定不會舒服到哪去……而且要是每個人都用一樣體位，上到後面第四第五個的時候，刃更哥搞不好都玩膩了。」

您想像一下——

「第一次結合卻弄得跟工作一樣，會發生什麼事？」

「刃更應該不會那麼過分吧……」

「刃更哥當然不是那種人，可是潛意識裡可能還是會覺得煩悶……您不覺得這種事說什麼都不能發生嗎？再說，如果原因是出在我們自己準備不夠，什麼都推給刃更哥的話……以後再後悔也來不及喔？」

「這————……」

澪不禁啞口無言。

澪並不奢望自己能在最理想的時刻或情境等，事事如意的狀況下與刃更結合。

但到了那一刻，她還是想盡可能滿足刃更的需求。

她們的少女心無法在這一點上退讓。

於是——

「…………萬理亞，那我們該怎麼做才好？」

澪向萬理亞請求建言。

「當然就是……像我先前說的那樣，先決定好適合自己的體位。」

萬理亞得意洋洋地高挺著胸說：

「以弱點在胸部的澪大人來說，最好的就是刃更哥可以主導，又能用力揉奶的正常位吧。柚希姊弱點在屁股，絕對是背後位。胡桃弱點在腋下，可以邊做邊舔的對面坐位最合適。這樣刃更哥一個個輪下來，都可以保持興奮才對。」

「萬理亞，那我呢……？」

「弱點在耳朵的潔絲特，是背面坐位比較好吧。雖然說面對面也能咬耳朵，可是這樣刃更哥會先看到胸部。背面坐位選擇變少，反而可以讓效果更好。」

接下來——

「體位決定好以後，再來就是實踐了。」

「實踐……這怎麼行？」

「當然不是要妳們真的跟刃更哥做，所以我才會用那個睡眠學習呀。在夢裡不管刃更哥怎麼上，妳們都能保持處女之身。所以說，接下來就是這個眼罩『極孃淫夢希妲妹』出場的時候了。」

萬理亞清咳一聲，將之前戴著的眼罩展示給她們看。

「只要戴上希妲妹睡覺，就能在夢裡跟心中對象盡情做愛做的事，而且感覺完全不是時下流行的ＶＲ比得上的喔。ＶＲ是用視覺和聽覺造成大腦的錯覺，我這個可是直接對腦起作用的高檔貨呢。」

「這樣的確是很厲害啦……可是經常作那麼真實的夢的話，讓精神上變得太習慣怎麼辦？」

就算是為了避免抱憾終身，在初體驗之前變得太熟練就本末倒置了。

「這您不用擔心。希妲妹正面朝上戴，會讓人記得夢的內容，反面朝上戴就會忘光光了。」

也就是說——

「雖然不會記得，可是身體還是會為迎接刃更哥自動反應……而妳們還能保留處女的青澀。懂了吧？」

「…………………………！」

「…………………………！」

這句話讓澪和潔絲特完全說不出話了。

喉嚨咕嚕一聲響，是因為萬理亞的廣告詞實在吸引人到極點。

接著——

「初體驗不順利而弄得很尷尬，是情侶之間常見的問題，慘一點的鬧到分手也不奇怪。可是只要有我這款希妲妹，就沒有什麼好擔心的，因為妳們到時候絕對不會失敗！」

萬理亞也看出澪她們心裡怎麼想了吧。

「來吧……兩位都來試試這個希妲妹怎麼樣？」

她呵呵淫笑著這麼說。

「不要找藉口，想要就說出來……只要說自己想用它在夢裡跟刃更哥翻雲覆雨一場，我也可以慷慨一點直接送妳們喔？我早就料到會有這種事，已經幫妳們一人準備一個了。」

面對如此惡魔的囈語——澪和潔絲特自然是毫無招架之力。

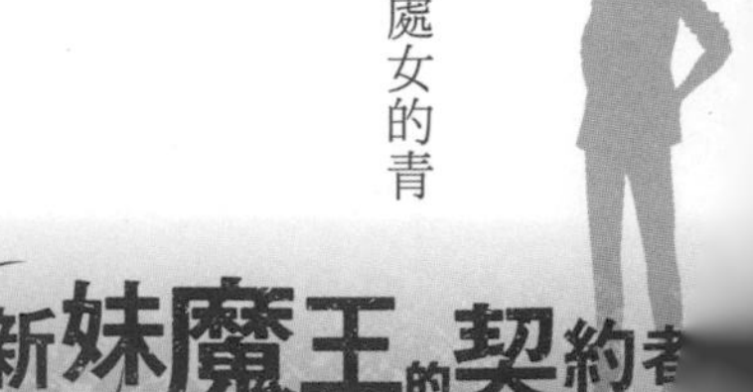

第12章
在夢中學習初體驗

幾分鐘後。

「想不到事情會這麼順利。照這樣看來……唔呼呼呼。」

成瀨萬理亞憋不住地竊笑，敲響二樓野中姊妹的房門。

「………萬理亞？」

「幹麼，有事嗎？」

門一開，萬理亞就對柚希和胡桃說：

「是啊……算不上是問題啦，樓下有點東西想讓兩位看一下。」

然後將她們帶往一樓。

並在走向客廳的同時——

「啊嗯……哈啊、哥哥……哈啊、哥哥～～～……♥」

「嗯嗚、啊啊……刃更主人……啊啊！刃更主人……♥」

聽見房裡傳來澪和潔絲特的嬌喘。

「………怎麼了？」

「什、什麼事啊……她們兩個怎麼了？」

柚希和胡桃一踏入客廳就見到澪和潔絲特在沙發上扭動，不禁疑惑地問。

聞言——

「其實澪大人和潔絲特啊，現在都在夢裡和刃更哥上床了。她們以睡眠學習法，為未來真的和刃更哥上床的那天做準備呢。」

蘿莉色夢魔成瀨萬理亞舔舔嘴唇。

對野中姊妹說道：

「怎麼樣啊……兩位也想在夢中跟刃更哥結合嗎？」

第13章
盡我目前所能

第13章 盡我目前所能

冬去春來。

聖坂學園的新學年度開始了。

刃更幾個升上二年級，萬理亞和胡桃入學了，潔絲特也成了新任約聘講師，只有長谷川依然是保健室老師。

開學典禮的一星期後。

「——終於回到這裡了。」

賽莉絲．雷多哈特的飛機降落在東京國際機場。

斯波叛亂的背後，掩藏著聖王阿爾巴流斯進行禁忌研究的醜事。阿爾巴流斯失蹤後，勇者一族的大本營「梵諦岡」立即亂成一團。

賽莉絲只是稍微比別人早一點得知這件事，到現在也不太能相信。

身為勇者一族與成為「梵諦岡」的聖騎士，都是她的驕傲。

對她而言，阿爾巴流斯暗中進行的複製人實驗是想都沒想過的事，而且沒有任何接受的餘地。

因擔任異端審訊官而目睹斯波叛亂的她接受過好幾場訊問，並恐將因失去神劍聖喬治一事遭高層究責。

然而事情並非如此，責罰遠比賽莉絲想像中輕上太多。

因為——

……刃更他為了我……

『斯波叛亂的原因，是源於「梵諦岡」這個組織所暗藏的黑幕。要是你們對賽莉絲追究不必要的罪責，我就把這件事公諸於世。』

這就是刃更對「梵諦岡」下的通告。

被搶先威嚇而處於被動的「梵諦岡」，便將所有責任都推到失蹤的阿爾巴流斯身上。

接著將代表勇者一族監視刃更一夥的任務交給了賽莉絲。

不過說穿了，這只是體面話罷了。

……其實。

刃更是擔心賽莉絲返回「梵諦岡」後會揹黑鍋，要求「梵諦岡」將她交給他們。

還幫他們想好「監察員」這個體面的名目。

「梵諦岡」除了順從也別無他法。

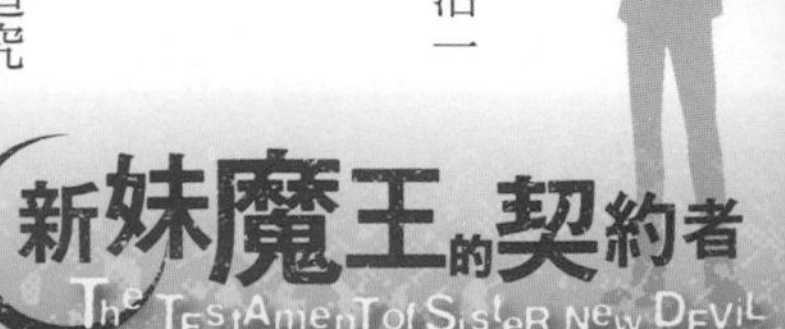

第13章 盡我目前所能

若胡亂拒絕，斯波事件的背景就要曝光了。

到時長久把持的主導權恐怕就要落到勇者一族的其他地區手上。在剛失去聖王阿爾巴流斯這集團首領的現在，要是連不可告人的醜聞都傳開，「梵諦岡」真的有當場垮台之虞。

所以「梵諦岡」答應將賽莉絲派來日本。

……我又被他保護了呢。

在入境審查的隊伍中，賽莉絲心想。

——從前日本的「村落」發生悲劇時。

遠在歐洲的賽莉絲什麼也不能做。

即使知道刃更遭「村落」放逐，在柚希和胡桃心中留下深重的傷痕，也只能祈禱他們平安無事而已。

這讓賽莉絲·雷多哈特忍受嚴酷修行，獲得更強大的力量，成為了聖騎士。

乃至獲選為神劍聖喬治的使用者。

……儘管如此。

對戰反叛的斯波時，賽莉絲幾乎派不上用場。

還被他奪去聖喬治，用在他的計畫上，擴大了危機。

而刃更等人不僅打倒斯波解救了賽莉絲，事後還擋下了「梵諦岡」高層的矛頭，不讓他們推給賽莉絲。

因此——

……這一次。

賽莉絲．雷多哈特發誓。

這一次一定要用自己的手保護刃更他們。

如今她失去聖喬治，聖騎士這頭銜也已經毫無價值。

而現在的刃更他們，卻透過主從契約達到賽莉絲遠不及的強度。

但她依然要到他們身邊，盡可能保護他們重視的事物。

懷著這樣的誓言，賽莉絲將護照交給入境審查員。

不久——

「歡迎來到日本……留學啊。」

審查員確認簽證後說。

——這次不是公差。

為了盡量遠離「梵諦岡」的掌控，她請刃更幫她弄到留學簽證。從明天開始，賽莉絲就要以留學生身分到聖坂學園念書了。

因此，機場的審查員說的並沒有錯。

第13章
盡我目前所能

「對……我是來留學的。」

點點頭後，賽莉絲・雷多哈特接著說下去。

帶著堅定的笑容。

「也要為一群重要的人，做我現在能做的事。」

第14章　永恆誓言的證明

四月某日。

「——兩個男人出來看戒指也太悲哀了吧？」

在人群中等紅燈的東城刃更，聽身旁的瀧川如此埋怨。

刃更和瀧川人在東京都心的一等地段。

日本地價最高的十字路口上。

「別這樣說嘛。對於我和澪她們的事知情的人就是這麼少，也沒有女性朋友能這樣陪我出來買東西。」

「雪菈閣下或露綺亞小姐應該會幫你挑得很開心吧。問她們的話，應該會馬上從魔界殺過來喔？」

「我已經拿她們很多東西了……不敢連戒指都請她們幫忙挑啦。」

再說——

「這些戒指，是我們結了主從契約以後一輩子生死與共的象徵，要是被她們偷偷下了

第14章
永恆誓言的證明

『魅惑』或『催淫』之類的效果就不好了。」

「也對……那兩位的確是有可能認真替你們想，自己加上那種效果。」

「所以啦，這次就先不拜託她們了。」

「然後這個苦差事就掉到我頭上……受不了。」

「別說得那麼難聽嘛。多虧有你，我才能順利挑好戒指啊。謝啦，瀧川。」

「能幫上忙就好。那麼，我們現在是要去哪裡？」

「去我訂好的壽司店。找你的時候不就約好了嗎？」

「真的假的……我是以為你會推掉才獅子大開口的耶，虧你訂得到。那間店現在不是連電話預約都沒有，只能靠熟客或朋友推薦嗎？」

「我老爸有接過那裡的攝影工作，結果師傅很喜歡他的照片，就把熟客用的號碼告訴他了。」

「他不只強到人稱戰神，連攝影技術都超一流啊……太怪物了吧。」

綠燈在瀧川不敢恭維地這麼說時亮起，兩人跨出步伐。

「總之既然有這個機會，我就讓你請一頓啦。幸好你有先決定去哪買，省得到處亂逛一通。戒指什麼時候會好？」

「要一個月。因為是平常就要帶，造型比較樸素，全部尺寸都有庫存。」

沒有直接帶走，是因為需要刻字。

如此一來，既成品也會成為這世上獨一無二的戒指。

「但就算這樣，六月結婚的人就是特別多，要等前面的訂單消化完。」

「原來如此……」

瀧川表示理解後忽然賊笑著問：

「對了，最後你買了幾個戒指？」

東城刃更聽了淡淡一笑。

裝傻回答：

「…………這個嘛，到底有幾個啊？」

第15章 蘿莉色夢魔想來場能夠滿足所有人的9P大戰

第15章 蘿莉色夢魔想來場能夠滿足所有人的9P大戰

某天。

東城刃更聽見一個歪到不行的問題。

「——你最近會不會覺得普通的9P不夠玩啊，刃更哥？」

發生在東城家客廳。

這個正常人聽了都會懷疑自己耳朵的問題，被與他同居的蘿莉色夢魔成瀨萬理亞若無其事地說出了口。

「不好意思，萬理亞……我不太懂妳的意思？」

在沙發上休息的刃更皺起眉問。

「喔？看樣子，刃更哥好像不怎麼在意耶。」

位在其斜後方的萬理亞兩肘拄在椅背上，捧著臉頰說：

「目前我們星期一到四，不是都一天兩個服侍你嗎，也就是3P。」

「…………對啊，是沒錯。」

刃更認同萬理亞的發言。

她說的的確是事實。

如今，東城家幾乎每晚都會有三人發生性行為。

——這個家現在有八名少女。

成瀨澪。

成瀨萬理亞。

野中柚希。

野中胡桃。

潔絲特。

長谷川千里。

橘七緒。

賽莉絲·雷多哈特。

這些個不可多得的美女都即將成為刃更的妻子，也是與他結下永恆主從誓約的屬下。

同時——更是淫蕩至極，沉溺於肉慾深淵中的性奴。

而刃更也讓這些達到主從誓約的八名女子全部受孕了。

以夢魔魔力締結的主從契約，使刃更給予澪她們無可估量的快感與數不清的高潮……將

第15章
蘿莉色夢魔想來場能夠滿足所有人的9P大戰

契約推升至永恆不變誓約境地。

現在刃更性衝動一來，她們就會立刻陷入激烈的催淫狀態，準備滿足主人的性慾。

而這樣的他們，每晚都會在地下室的巨大寢室交歡縱慾。

但由於平日需要上學，時間不好分配。

於是星期一到四每晚各輪兩人服侍刃更，八人都有分。

「星期五和六是每天四個，連兩天5P這樣。」

然後——

「星期天是所有人一起9P大戰。」

「是啊……可是全部一起做也只有每週一次，怎麼覺得我會膩啊？」

萬理亞答道：

「因為……3P和5P都有組合上的變化，很有得玩嘛。」

可是——

「說當然也是當然的啦，9P就是全員參加，只有一種組合。」

而且——

「雖然地下寢室的床很大，每個人都上得去，不過同時服侍你的時候，基本上只有一種姿勢嘛。」

一個讓刃更躺大腿。

左右手共兩個。

左右腹側共兩個。

雙腳共兩個。

胯下一個，全部八個。

有時負責腿枕的會來到胯下，兩個一起服侍刃更的陽具，但基本上差異不大。

「是可以花一段時間，讓每個人都能輪到不同的位置啦……可是習慣以後，好像難免會有種例行公事的感覺耶。」

「這個嘛……既然妳都這麼說了，或許是這樣沒錯吧。」

「是吧？做愛的時候刃更哥動起來，就會有人沒辦法繼續貼著，變成只有騎乘位一個選擇。我覺得這樣實在是不太自然。」

「不是吧……在九人混戰這種事上面追求什麼自然啊。做這種亂七八糟的事還想要一次滿足九個人，未免也太強人所難。」

根本超過移形換影就能應付的層次了。

「嫌不夠或枯燥的話，把9P拔掉也行啊。」

「不不不，我要的不是把9P拔掉。輪班到最後開始全體交合的那種大亂交有種墮入肉

第15章
蘿莉色夢魔想來場能夠滿足所有人的9P大戰

慾深淵的感覺，超棒的說。」

「既然妳都覺得很棒了，不就沒問題了嗎？」

「我就是不希望只有最後那樣嘛。想要找9P的最佳解，結果能做的事變得很固定這樣……」

萬理亞嘆道：

「我們跟刃更哥有主從誓約，又快要跟你結婚了，以後會永遠在一起。在婚禮舉行前，性生活就出現制式化的跡象……實在是一件堪憂的事。這還關係到我們夢魔的顏面啊。」

這是因為沒人會同時娶八個妻子搞9P吧……刃更很想吐槽，可是他自己也沒立場說人，便選擇閉嘴。

……該怎麼辦呢。

刃更唸唸有詞地望著天花板，思考如何解決萬理亞的煩惱。

——萬理亞說得沒錯，三或五人的性行為變化比較豐富。

且不只發生在女性的組合。

一對二時可以同時左右開攻，一對四時可以在活塞運動當中同時用嘴與雙手使其他三人高潮。

……再說。

刃更所抽插的那個人，也能同時受到其他人的刺激。

而且被刃更與其他人合攻而高潮時，可以深深體會到自己此刻高過其他人，覺得自己淫褻得不得了，八個人都沉醉在這樣的感覺中無法自拔。

不過九人交歡時，刃更與七人共戲一人比八人同時服侍刃更還要困難。實際上必須以男性仰臥，女性騎上去仰臥，俗稱「撞木仰式」的反向騎乘位變體插入肛門，六人合攻兩胸、兩脇與雙耳，最後一個穿上萬理亞特製，與刃更陰莖尺寸與質感皆相同的按摩棒進行雙穴抽插才行——當然他們不會這麼做。

萬理亞也不會故意設法去達成這種事吧。

可是，她們八人都是刃更不分高低的屬下、性奴，再過幾天還要成為他的妻子。因此，說不定她們都很希望能夠找出一個能八人同時滿足刃更的交合方式。

若真有這種想法，刃更也不會不高興，若真有能夠更滿足，更有一體感的做法，他也樂意採用。

自然會想盡可能嘗試看看。

「…………那澪、老師，妳們怎麼想？」

東城刃更的視線往下掃去。

有兩個人手腳觸地，臉湊在他左右大張的雙腿之間。

第15章
蘿莉色夢魔想來場能夠滿足所有人的9P大戰

在刃更與萬理亞對話之前，她們就已經在這裡了。

——對話當中，一句話也沒說過的她們在做什麼呢？

她們口中洩出的濕聲嬌喘已說出了答案。

「哈啊、唔……嗯呼、啾……咧嚕、嗯啾……哈啊……嗯嗯♥」

「啾噗、哈……啊……呼、嗯唔……啾、嗯呼……啊啊……♥」

澪和長谷川蹭著彼此臉頰，寶貝地舔舐刃更的陽具。兩人都沒穿衣服，連內衣也沒有，以完全赤裸的狀態陶醉地給予刃更雙人口交。

但沒穿衣服的不僅是她們，刃更和萬理亞也一樣。

——昨晚，刃更是與柚希、胡桃、七緒和賽莉絲等四人性交。

他在換日前前往地下寢室，將她們四人狠操到天亮，灌精到反湧。

幾乎在四人失去意識的同時，澪、萬理亞、潔絲特和長谷川等四人也從相鄰的大浴場出來了。

潔絲特主動表示要留下來照顧柚希等人，刃更與其他三人便將善後工作交給她，一起回到一樓客廳。

當時，澪和長谷川就已經因為主從誓約的副作用而陷入催淫狀態了。

因為走出更衣間的她們，身上只圍著一條浴巾……那模樣讓刃更頓時性慾高漲。當刃更在沙發坐下，澪和長谷川便主動跪下爬向股間，理所當然地一起口交。

催淫效果當然也影響到了萬理亞，可是夢魔血統的她天生抵抗力強，還能替刃更做點簡單的早餐。

先前那段對話，就是在早餐過後。

東城家的女性都是刃更的性奴，對他的敏感部位瞭若指掌。在澪與長谷川的舌功下，刃更在沙發上就射了三次。

兩人聽見刃更叫她們後，才將嘴離開那鼓脹欲裂的陰莖，在刃更左右坐下，倚上慾火中燒的胴體。

「嗯……萬理亞說的那種不耐，我好像也真的有一點。」

「是啊……所以才會導致最後那種本能性的九人亂交吧。」

一左一右挾刃更而坐的澪和長谷川說著自己的感覺，手依然在刃更的陽具上來回套弄。清潔口交所沒能吸乾淨的殘餘精液，慢慢地從刃更的馬眼擠出來，隨即被長谷川湊過去「啾♥」一聲吸掉。

「可是刃更，你也想找出能讓萬理亞滿意的做法吧？」

「是沒錯啦。」

刃更回答長谷川後，澪神情恍惚地說：

第15章
蘿莉色夢魔想來場能夠滿足所有人的9P大戰

「我都好喔……哥哥愛怎麼樣都可以。」

刃更知道那指的是新版的九人性交法。

所以他也呼應她們的心意，張手繞過她們的肩，一手一乳抓揉起來。

不同的軟度和溫度在左右掌中漫開。

「呀、哈啊……啊啊……嗯♥」

「哈啊……嗯、呼……啊啊♥」

兩人樂得陣陣抽動的樣子是愈看愈可愛。

刃更就這麼玩弄著兩人的乳房，思考新版的九人性行為能怎麼做。

「如果把長谷川老師的力量、七緒魔眼的力量、萬理亞的夢魔洗禮和主從契約的效果都用來增幅催淫程度，也一起放到我身上的話……行得通嗎？」

「這是說……在催眠狀態下9P嗎？」

萬理亞的音調略為下沉。

藉催眠補足缺憾是一種手法，但也等於是放棄尋找真正能滿足所有人的9P方式，算是一種逃避。萬理亞想要的解法並不是這樣。

——因為她追求的是沒有任何虛偽，真槍實彈的改良。

「呃，不是那樣啦。」

見到萬理亞表情哀傷起來，刃更趕緊搖頭解釋。

「我在想，用催眠拋開理性，進入失神狀態的話，很可能會做出理性思考想不到的事，說不定以後九個人一起做的時候可以試試看。」

能輕易解決無理難題的妙點子，沒那麼容易想出來。

但儘管如此，他們心中早有答案。

因為那願望是發自內心的。

「原、原來是這樣啊……竟然還有這一招。刃更哥果然厲害！」

聽了他的解釋，萬理亞表情豁然開朗。

「那我去跟七緒姊說一下喔！」

然後迫不及待地跑出客廳去了。

那消失在走廊外的嬌小背影，惹來刃更一抹苦笑。

「嗯嗚、啊啊……刃更……可以了吧？」

「哈啊……哥哥拜託……快給我……」

套弄著刃更鋼柱的長谷川和澪饑渴難耐地乞求。

是她們的胸部被揉到慾火都完全燒起來了吧。

兩人淫慾氾濫的眼眸，都在乞求她們宣誓絕對忠誠的主人，讓她們深刻體會自己是他洩

第15章
蘿莉色夢魔想來場能夠滿足所有人的9P大戰

慾用的奴僕。

因此——

「好，我知道。」

東城刃更頷首道：

「妳們兩個把腿張開……我要插了。」

尾聲　必須永遠守護的事物

1

「……————怎麼啦，小刃？」

在剎那間回首過往的刃更，被瀧川喚回現在。

「你怎麼突然對著空氣發呆，還一臉感慨的樣子啊……事情有多到讓你沉浸成那樣嗎？」

「這個嘛……現在回想起來，回憶真的是太多太多了。」

「那真是太好啦……」

瀧川哼一聲說：

「不過呢，以後你們家還會比以前更熱鬧，回憶這種事會多到數不清吧。」

「就是啊……」

刃更點點頭。

尾聲
必須永遠守護的事物

——瀧川說得沒錯。

他將與家人共度比過去更長的日子。

所以結婚不是終結，而是新的開始。

新時代的序幕。

「所以——今天對我們來說是非常重要的紀念日。」

「喂喂喂，現在就感慨也太早了吧，婚禮才剛要開始耶……新娘生氣了我可不管喔。」

當瀧川說到這裡——

「…………喔，這什麼？」

他忽然瞄到鏡台桌面上的飾品讚嘆地說。

那是以繽紛花卉拼搭而成的美麗飾物。

新郎別於胸口的「胸花」。

「啊……這也該別上去了。」

為避免繫阿斯科特領帶時不慎破壞而擱置的胸花，現在總算可以別起。

刃更拿起它，別在左胸上。

準備完成以後——

「太精緻了吧……有一套。」

「是吧？跟他說我要結婚以後，他就送這個過來表示心意。」

「他是誰？」

「……高志啊。」

刃更對瀧川答出他兒時玩伴的名字。

「…………真的假的？」

瀧川仔細窺探刃更左胸上高志親手做的胸花。

「他居然能做出這種東西……之前他也拿親手做的菜過來，真的是一個不曉得到底是笨拙還是手巧，是可愛還是不可愛的人耶。」

「就是說啊。」對瀧川發自內心的感嘆，刃更也給予同意的微笑。

——刃更曾直接通知高志自己的婚事。

電話另一頭的高志，反應算是相當平淡。

畢竟這場婚禮有八個新娘，且種族紛雜，極為特殊。

當然，之前他們之間也發生過一些事。所以刃更並不期望他會大方祝賀，而他本來就是不太熱情的人。

所以刃更想也沒想到他會送這樣的東西。

……謝謝你啊。

尾聲

必須永遠守護的事物

想必這就是高志的祝福吧。

刃更再一次地感謝兒時玩伴的心意時——

「那麼，再來是怎麼安排？」

「她們那邊準備好以後會傳簡訊過來，然後我們出去等她們進場這樣。」

刃更邊說邊看手機，還沒有收訊通知。

不過預定時刻就快到了。

簡訊差不多快來了。

「也就是first meet，到那裡才第一次見新娘吧。既然你穿這樣，她們都是穿新娘禮服才對……你們算是人前式嗎（註：指無宗教色彩，只邀親友見證的婚禮）？」

「是啊。因為我們的立場和血統比較複雜，不用人前式的話，很難辦到每個人都能接受。」

況且——

「我們的感情……不需要別人來質疑或是向神發誓。需要問的是自己的心，發誓的對象是我們彼此。」

「原來如此……這樣說來，不邀請任何來賓應該是最正確的。」

瀧川表示認同後說：

「那麼……我事情辦完，差不多該走了。」

「是怎樣，不待到最後嗎？」

刃更以調侃口氣說。

「又沒飯吃，留下來幹麼啊。再說，我可不想傻傻留在這裡被那些暴力新娘瞪。而且啊——」

瀧川雙眼一瞇。

「看樣子——四周的戒備已經夠安穩了。」

「……………………是啊。」

刃更對略顯緊張的瀧川稍稍點頭。

會場的警備工作，刃更是暗中交給自己的屬下處理。

那是最新與他結下主從契約的青年——斯波恭一。

然而知道斯波活著的人，除了斯波外就只有刃更與長谷川兩個。

瀧川應該是不會知道才對。

但儘管如此，他還是察覺到了吧。

不僅發現這裡有受到某人戒備的跡象，甚至猜到那人八成就是斯波。

在這樣的情況下，瀧川仍來到了這間新郎休息室。

尾聲
必須永遠守護的事物

……不過。

現在斯波是完全遮蔽了他的「氣」，就連全都知情的刃更也得用主從契約的感測能力才找得到他在哪裡。

而瀧川依然發現了他的存在——多半是因為事先就料想到刃更有可能暗中將斯波納為屬下。

……果然可怕。

刃更再次體認到自己做了正確決定。

——刃更與瀧川一直是暗中聯手的關係。

為了在現任魔王派伸向澪的魔爪中存活，刃更第一個拉攏的就是瀧川。

……恐怕。

假如當初沒有和瀧川合作，刃更幾個已經死在佐基爾手裡了。

就算能挺過佐基爾這關，早晚也會在某處喪命。

無論是魔界行還是決戰斯波，瀧川始終扮演著關鍵角色。

相信這點在未來也不會改變。

想到這裡——

「那我走啦……」

瀧川轉身跨腳，面前出現直徑約兩公尺的黑球。

對那離去的背影，刃更必然是有話要說。

那是極為直接的感念。

「…………瀧川，真的很謝謝你。」

被瀧川解救無數次的刃更，沒有一次忘記過這些恩情。

假如有天瀧川向他求救。

東城刃更說什麼都會赴會。

在他心懷如此堅定的意念道謝之後——

「————————」

瀧川忽然止步，背對著他說：

「對了對了，我還有話要傳。」

一口氣後——

「恭喜你結婚了。要幸福喔。」

說完，他稍微回頭。

「————這是我給你的。」

然後咧嘴一笑，就此消失在黑暗之中。

尾聲
必須永遠守護的事物

2

瀧川離去後片刻。
刃更的手機接受到訊息。
來自萬理亞，內容只有「準備完畢！」幾個字。
這就已經表達出她的雀躍，使刃更加深笑容。
接著——
「——走吧。」
刃更將手機收進胸前暗袋，走出新郎休息室。
氣象報導說，關東已進入梅雨季。
然而空中萬里無雲，放眼盡是清澈的藍天。
絲毫沒有這時節特有的惱人濕氣，滿園花草樹木在舒爽的風撥動下輕輕搖擺。
刃更便是在如此的天地之間，踏過白色的鋪石道，邁向承諾之地。
左右是幾排新娘的三人座長椅。

中間的幸福大道彼端，沒有十字架或聖壇。

有的只是聚光燈般傾注的柔和陽光。

先就位的當然是新郎……刃更在陽光中靜靜等待那一刻到來。

不久——

「——刃更。」

背後的聲音使他轉過身去。

見到的是身穿純白禮服的八名新娘。

「————————」

刃更不禁倒抽一口氣。

因為那畫面實在太美。

澪、柚希、萬理亞、胡桃、潔絲特、長谷川、七緒、賽莉絲，都是那麼地美。

既不過分，也不誇張。

禮服各自契合的她們，都是世上最美的新娘。

見到刃更看傻了眼，她們也開心地微笑。

東城澪。

東城柚希。

尾聲

必須永遠守護的事物

東城萬理亞。

東城胡桃。

東城潔絲特。

東城千里。

東城七緒。

東城賽莉絲。

看著這八名冠上相同姓氏的新娘，東城刃更以一名丈夫、一個男人的身分心想——

自己必須永遠守護她們，以及這樣的笑容。

於是刃更自然而然也露出相同的微笑。

然後伸出自己的手。

「…………來，我們發誓。」

以強而有力的堅定語氣呼喚她們。

並無疑地獲得八次頷首。

就在這一刻起——

只屬於這九名新人的幸福婚禮開始了。

後記

《新妹》最後一集到此結束，但是在道謝之前，請先讓我道歉！開了這麼久天窗，真的很對不起。不過本書在日本發售日遇上的「KADOKAWA 輕小說博覽會2020」精選企畫所提名的「銷魂悖德！部門」中，本作在各位的支持下奪得了第一名。特約店的預約狀況也非常亮眼，特典甚至需要加產，實在令人感動。《新妹魔王的契約者》系列經過這些年來獲得這麼多支持，我真的是非常感激。

在這裡簡單提一下內容。這集是將過去每冊發行時作為特典提供的各種短篇與極短篇集合起來，加以增寫修訂，再添上序曲與尾聲而成的作品集。以前幾乎是特約店邀稿再一口氣寫出來，現在這樣重新收錄仔細推敲後改良品質的作品，對筆者也是件開心的事。

不管怎麼說，最大的看點就是新繪插圖了，非常契合以刃更與眾女角的婚禮為主題的這一集。其實封面設計和書名字樣的色彩都承襲了第一集，只是稍微提升亮度，象徵刃更他們的光明未來。序曲與尾聲的標題也是與第一集相呼應，很有最後一集的感覺。請各位不妨趁這個機會回頭翻翻。

後記

接下來是我最後的致謝。首先是大熊老師，感謝您不僅是過去，這次也依然交出了棒到不行的插圖。《新妹》能連載這麼多集，無疑是大熊老師插圖的功勞。使系列人氣燒得更旺的漫畫版的みやこ老師、木曽老師，也非常感謝二位的連載！

感謝各位動畫版工作人員製作出TV動畫版第二季、書籍特典OVA、長篇OVA等豐富作品！製作公司、封面設計美編、校閱人員、業務人員、各大書店&特約店與其他各所相關人士，以及對本系列提供最大心力與扶持的歷代編輯們，真的感激不盡！

而最大的感謝，當然是獻給本系列的所有讀者。

非常可惜，《新妹魔王的契約者》要在此完結了。

實在非常感謝各位長久以來的支持。

期待我們下一部作品再會！

上栖綴人

誠心感謝各位讀者
長久以來的陪伴！
希望有朝一日能再見到
刃更他們！

佐島 勤
Tsutomu Sato
illustration
石田可奈
Kana Ishida
1
續・魔法科高中的劣等生
魔法人聯社
The irregular at magic high school
Magian Company
Kadokawa Fantastic Novels

續・魔法科高中的劣等生

魔法人聯社 1 待續

作者：佐島 勤　插畫：石田可奈

《魔法科高中的劣等生》續篇開幕！
最強魔法師達也將捍衛魔法人的人權！

以壓倒性的能力成為世界最強的司波達也，在風起雲湧的高中生活落幕後，為了實現新的遠景而成立社團法人「魔法人聯社」，要為魔法人的人權展開捍衛行動！《魔法科高中的劣等生》續篇，將以「魔法人聯社」為主要舞台展開新篇章！

NT$220/HK$73

智慧村的座敷童子 1~9（完）

作者：鎌池和馬　插畫：真早

《魔法禁書目錄》作者堂堂獻上
新風格妖怪懸疑劇完結篇登場！

大家好，我是陣內忍。請問大家喜歡胸圍九十八公分的黑髮美女嗎？哇哈哈哈！緣總算變成我的女友了！可是，那傢伙也是導致人類滅亡的元凶——染血的座敷童子。不過，我無論如何都不可能捨棄她。我還是要試著力挽狂瀾！來個最後的大逆轉吧！

各 **NT$220~300/HK$68~100**

國家圖書館出版品預行編目(CIP)資料

新妹魔王的契約者/上栖綴人作；吳松諺譯. -- 初版.
-- 臺北市：臺灣角川股份有限公司, 2022.02-
冊；　公分. -- (Kadokawa fantastic novels)
譯自：新妹魔王の契約者
ISBN 978-626-321-223-7(第13冊：平裝)

861.57　　110021447

Kadokawa Fantastic Novels

新妹魔王的契約者 13（完）

（原著名：新妹魔王の契約者 XIII）

2022年2月24日　初版第1刷發行

作　者：上栖綴人
插　畫：大熊猫介（Nitroplus）
譯　者：吳松諺

發行人：岩崎剛人
總編輯：蔡佩芬
編　輯：黎夢萍
美術設計：黃永漢
印　務：李明修（主任）、張加恩（主任）、張凱棋

發行所：台灣角川股份有限公司
地　址：104台北市中山區松江路223號3樓
電　話：（02）2515-3000
傳　真：（02）2515-0033
網　址：www.kadokawa.com.tw
劃撥帳戶：台灣角川股份有限公司
劃撥帳號：19487412
法律顧問：有澤法律事務所
製　版：巨茂科技印刷有限公司
ISBN：978-626-321-223-7